DOCTOR·WHO

The Story of Martha
玛莎的故事

(英)丹·阿布尼特
大卫·罗登／史蒂夫·洛克利＆保罗·路易斯／
罗伯特·希尔曼／西蒙·乔维特／著
金雪妮／译

新 星 出 版 社　NEW STAR PRESS

DOCTOR WHO: The Story of Martha
Copyright © 2008 Dan Abnett, David Roden, Steve Lockley & Paul Lewis, Robert Shearman, Simon Jowett
First published by BBC Books, an imprint of Ebury, Ebury Publishing is part of the Penguin Random House group of companies. Doctor Who is a BBC Wales production for BBC One. Executive producers: Russell T Davies and Julie Gardner. BBC, DOCTOR WHO and TARDIS (word marks, logos and devices) are trademarks of the British Broadcasting Corporation and are used under licence.
This edition arranged with Ebury Publishing
through Big Apple Agency, Inc., Labuan, Malaysia.
Simplified Chinese edition copyright:
2018 Chengdu Eight Light Minutes Culture Communication Co., Ltd.
All rights reserved.
The Cover is produced by Woodland Books Ltd.
著作权合同登记图字：01-2018-5036

图书在版编目（CIP）数据

玛莎的故事／（英）丹·阿布尼特等著；金雪妮译. —北京：新星出版社，2018.8
ISBN 978-7-5133-3156-2

Ⅰ. ①玛… Ⅱ. ①丹… ②金… Ⅲ. ①科学幻想小说－英国－现代 Ⅳ. ① I561.45
中国版本图书馆 CIP 数据核字（2018）第 146402 号

玛莎的故事

（英）丹·阿布尼特 等著；金雪妮 译

责任编辑： 汪　欣
特约编辑： 姚　雪
责任印制： 李珊珊
装帧设计： 付　莉

出版发行：	新星出版社
出 版 人：	马汝军
社　　址：	北京市西城区车公庄大街丙3号楼100044
网　　址：	www.newstarpress.com
电　　话：	010-88310888
传　　真：	010-65270449
法律顾问：	北京市岳成律师事务所

读者服务： 010-88310811 service@newstarpress.com
邮购地址： 北京市西城区车公庄大街丙3号楼100044

印　　刷： 北京利丰雅高长城印刷有限公司
开　　本： 910mm×1230mm　1/32
印　　张： 8.5
字　　数： 110千字
版　　次： 2018年8月第一版　2018年8月第一次印刷
书　　号： ISBN 978-7-5133-3156-2
定　　价： 38.00元

版权专用，侵权必究；如有质量问题，请与印刷厂联系更换。

目 录

BBC Doctor Who / The Story of Martha

楔　子 ………………………………… *003*

玛莎的故事·第一部分

第一章 ………………………………… *013*

第二章 ………………………………… *017*

第三章 ………………………………… *031*

哀泣者 ………………………………… *041*

玛莎的故事·第二部分

第四章 ………………………………… *071*

第五章 ………………………………… *075*

第六章 ………………………………… *083*

喘息之机 ……………………………… *089*

玛莎的故事·第三部分

第七章 ………………………………… *119*

第八章 ………………………………… *131*

第九章 *139*

第十章 *147*

第十一章 *155*

冰冻废土 *163*

玛莎的故事·第四部分

第十二章 *191*

第十三章 *195*

第十四章 *209*

命定之缘 *217*

玛莎的故事·第五部分

第十五章 *249*

第十六章 *257*

致　谢 *267*

传送开始:

建议宇宙航道交通避开Sol：3，又名地球。飞行员已收到警报：Sol：3即将进入终极灭绝状态。地球封闭。

地球封闭。地球封闭……

楔　子

全世界仿佛都是由浓稠夜色凝结而成的。

他们的小船正乘着浪，向着看不见的堤岸行驶。他们的头顶上是沉郁的墨黑色天穹，无星无月。小船之下的大海则像天空一样暗淡，船头划过水面，就仿佛利刃划裂漆黑的玻璃。

他们几乎是在无声无息地前进，只有小型舷外马达发出闷响。

"南岸的电网能探测到三十英里[1]之外的声呐回波。"当他们从敦刻尔克[2]启程的时候，一个穿着油亮黑雨衣的男人对他们这样说，"我们会保持安静，慢慢走。"

当然，那两个穿着油亮黑雨衣的男人都是地下组织的人，来送她走完这最后一程。这场曲曲折折的接力赛从奥尔良[3]补给场旁的柯萨斯山秘密接头点开始，绕过巴黎陨石坑，然后一路北

---

1. 1英里=1.61千米
2. 法国东北部靠近比利时边境的港口城市，以二战中的"敦刻尔克战役"和"敦刻尔克大撤退"而闻名。
3. 法国中部城市。

上,穿过皮卡第[1]和阿图瓦[2]烧焦的平原,直至佛兰德斯[3]和城墙高筑、遍布锐利铁网的英吉利海峡之岸。他们正像古时的走私贩一样,精通辨路的古老艺术,对各种通途了如指掌,甚至可以仅凭嗅觉和触觉在黑暗中坦然前行。靠着这份技巧,他们甚至能偶尔从死局中逃出生天。

浓稠的夜色裹挟着他们,空气中能嗅到一丝腥咸和海峡上微风的气息。他们在敦刻尔克等了两天,期望能等来一个雾天,可天气却偏偏与当下的季节相悖,一直是晴朗的,仿佛有什么东西在冥冥中搅乱了气候模式。

那个东西,她想,可要比全球变暖狡猾多了。

最后还是她决定立即启程。时间不多了。这一年都快过去了。那些健壮的雨衣男人纷纷点了点头,他们定会尽力护卫她到最后。毕竟那可是她啊。她身上承载着那么多的责任。在这一年中,她名声大噪,这份盛名甚至令她感到困扰。那些男人对她尊敬到了极点,几乎有些像是在把她当作传奇或圣徒一般膜拜。她知道,他们可以毫不犹豫地为她赴死,但她希望这样的事永远不会发生。

她坐在木板凳上,身子随着小船的晃动而起伏。她扣紧皮衣

1.2. 法国北部旧省。
3. 欧洲西北部的一个地区,包括法国西北部部分地区、现比利时的东佛兰德省、西佛兰德省以及荷兰的西南部部分地区。

的扣子，尼龙背包沉甸甸地坠在身后。她想让自己清醒一些，不管前方有什么在等着她，她都必须做好准备。她深深呼吸，把目光投向正前方。海水的咸味在她的鼻腔里回荡。穿着黑雨衣的男人们缄默不语。

他们的起航点意义非凡：敦刻尔克。她的哥哥莱奥自幼年时期起就一直是《突击队》[1]漫画的忠实读者。因此，她深谙有关敦刻尔克的一切。现在，她就在这里，坐在一艘小船里，向家的方向航行，去迎接可怕的命运。她已经做好准备，要竭力对抗那位自以为早已大获全胜、看似无法击败的强大敌人。

她要做的太多了，要面对太多的困难。博士信任她，但她并不确定自己能否配得上这份信任。她的眼前浮现出他那温柔的棕色双眸。尽管流逝的岁月令他英俊的脸庞遍布皱纹，他的眼睛仍然是年轻的，恒久不变。她在他的眼中读出了无瑕的信任——对她的信任。

自那时起，已经过了一年。这一年她过得绝不轻松，个中经历每每回忆起来都令她撕心裂肺。这十二个月的每一分每一秒，她都是在默默承受中度过的。她只能忍。她的足迹曾遍布全球，她的双眼曾见过无数令她永生无法忘怀的场景：熊熊燃烧的日本群岛、化作废墟的纽约市、毒素侵染的里海、冰封的尼罗河，以

---

1. 英国著名军事漫画杂志。

及位于俄罗斯故土之上的一号船厂。这些她全都亲历过。她不知道,自己这趟苦难之旅,究竟什么时候才是尽头。

这一年的时光沉甸甸地坠在她身上。她多么希望自己可以将那些时光信手丢弃、抹去、打散、擦掉,然后从头开始崭新的人生。

如果真的能够那样就好了。如果这一年从未发生过就好了。

可惜这却是个无法实现的愿望。过往的一年已经真真切切地发生过了,无可更改。早已有人替她做好了大部分选择,剩下的责任则要由她亲自肩负。

只有她才可以结束这一切。只有她才能够拯救世界。

可是她又要如何去拯救一个已经毁灭了的世界?

"只剩两分钟了。"一个雨衣男人悄声说。

她的身子绷紧了,马达发出一声闷响。

"我什么都没看到。"另一个男人嘶声说,"这里什么也没有。"

"等一下。"她说,"他们会来的。他们必须得来。"

小船在黑暗中摇曳,挂着空挡的马达发出咕噜一声。

"如果他们不现身,"之前的男人说,"那我们就必须返回。你听明白了吗?我们必须掉头回去。我们绝不能在这里多作耽搁,就算是为了你也不行。"

她点了点头。

"马修，事情不会变成那样的。"她说，"你曾经对我抱有信念。请再相信我一次。"

他也迟疑着点了点头。即便是在黑暗之中，她都能看出他脸上挂着狐疑的表情。

说实话，就连她都无法相信自己。

黑暗中忽然闪现了一盏蓝白色的灯，小小的一盏灯，却十分清亮。这令她再度想起了旧日，想起了那些走私者。那是一盏卤钨灯，闪了一下，然后是第二下，宛如前方那不可见的沙滩上闪烁着一颗小小的冷星。

"那里！"她说。

灯开始轻柔地摇晃，像钟摆一样。

马修的同伴站在船头，依样向对面晃了晃自己的灯：实打实的两下。

他们迎着汹涌的波浪继续前进，逐渐靠岸，舷外马达不断地震动着。她感到船腹在鹅卵石上隆隆地拖动刮擦。两个男人依然穿着雨衣，他们下到水里，顶着落潮将船两侧固定好。她也站起身，跳下了船。冰冷的水舔吮着她的腿。

她回头望向那两个依然在试图操控小船的男人，他们的面容隐藏在阴影里。她多么希望她能再看一次他们的脸庞。

"修正这一切吧。"马修说，他的身影被黑暗所笼罩。

"我会的。"

"愿上帝保佑你。"另一个男人说。

"但愿能够在上帝插手之前,就把这个麻烦解决掉。"她说,"谢谢你们,我——"

他们没有再答话。两个人都忙着将小船拖回水中,以便赶紧掉头返回法国。

她迎着那盏小灯跑上沙滩,湿透的靴子踩着潮乎乎的沙子和鹅卵石。曾几何时,这里也是人们的游乐场,他们在这里搭建沙堡、畅享99号冰淇淋[1]、把手绢缠在头上遮阳、架起沙滩椅和色彩鲜艳的挡风棚。

她努力不去想那美好的一幕。她转过身,最后一次对那些穿着雨衣的男人郑重道别。然而,他们都全神贯注地推动小船驶向波涛翻滚的大海,甚至无暇对她挥手致意。

有个年轻人正在前滩上等着她,浪潮堪堪掠过他的足尖。他手里提着一盏卤钨灯。他长得颇为英俊,身材高挑,黑发,留着胡子,穿着一身松松垮垮的军服。他凝视着她,表情肃穆,一丝笑意也没有。

她站在他面前,微微喘息着。

"你叫什么名字?"她问。

"汤姆。"他说,"汤姆·米利根。你的名字就不必多问

---

1. 英国的国民冰淇淋,香草冰淇淋里内置一根酥脆的巧克力棒。

了——著名的玛莎·琼斯。你上一次来英国是什么时候?"

"三百六十五天之前。"玛莎说,"这一年很长。"

一年之前

丹·阿布尼特

第一章

靠时空调制器旅行很痛苦。非常痛苦。玛莎倒在草坪上,她滚来滚去,大口喘息。她的静脉窦剧痛,血涌上喉咙,内脏痛得像被拳击手当沙包殴打过一样。杰克·哈克尼斯上校的时空穿梭绝对应该位列"最糟糕的旅行方式"前五名。

一刻之前,她正站在"勇敢者号"——法师的空中运输基地——锃亮的甲板上。而现在,她平躺在潮湿的草坪上,感觉神志正在渐渐恢复,一幕幕记忆在眼前浮现。他们失败了。他们失去了一切。法师步步棋高一着。电台里播放的尽是绝望、震惊和混乱;杰克至少死过一次;玛莎的家人被抓走囚禁;而博士……

博士……

玛莎的喉头滚动了一下,她强忍泪水。她绝不能哭。哭泣又有什么用呢?那只是弱者的表现罢了,而博士之所以把这一切托付给她,正因为相信她绝非弱者。

博士……

法师使用光速起子的某个功能让博士迅速衰老,变得干瘪枯瘦。对她而言,那才是最可怕的一幕:亲眼看见那位她敬爱的、充满活力的年轻人转瞬老态龙钟。然而他的眼睛——那双温柔的眼睛——却残酷地保留了青春的模样。他的眼神紧锁在她身上,迷茫又绝望,仿佛为自己不得不囿于这衰老脆弱的躯壳之中震惊心痛,不能再像从前那样在群星间自由来去、于绝境中谈笑自若。

法师狂喜雀跃,鼓掌庆贺。那位曾被称作博士的老人则向玛莎的方向倾过身来,在她耳畔轻轻地说了几个字。玛莎想,她终其一生都不可能忘掉他说的话。

"我们阻止不了他,"刚刚复活的杰克喘息着说,"快走!"

玛莎绝望地看了她的父母和妹妹最后一眼,启动了杰克给她的时空调制器。她从未在战斗中当过逃兵,但她能识时务,明白他们那时已经一败涂地,毫无转圜之机。这感觉很糟,像是她抛弃了所有人一样,但她心里明白,这是唯一的选择。她的避退不仅仅是为了父母、妹妹或杰克,甚至博士。她是为了全人类。这的确是唯一的选择。只要她有一丝机会实现博士对她的嘱托,她就必须全力以赴。

玛莎按下了时空调制器,然后随着咣的一声,她已经回到了陆地,在草坪上痛得扭动呻吟不止。她摇摇晃晃地站起身来。

眼前正是伦敦城,人脸金属球犹如一场狂暴的流星雨,疯狂地向着城市飞掠而来。它们是受邀而来的法师新盟友,足球大小,通体金属,唱着歌儿在云层中穿梭来去,声音有如孩童一般轻盈快乐、无忧无虑。它们已经亮出了身上的锋刃和其他武器。六十亿赛博金属球，在法师铁一般不可违逆的指令之下，正吟唱着血腥与邪恶的童谣降临地球，准备大杀四方。

毁灭。十分之一。十个人里就有一个要死。

玛莎仰头看着一簇簇金属球掠过天空。它们窃窃私语、吃吃发笑，飞行的轨迹在空中划出一道道闪电，不时对着地面发出破坏力巨大的射线。人们在一片恐慌之中尖叫闪躲，寻找遮蔽物，一旦接触到射线，就顷刻化为灰烬。伦敦的天际线淹没在万千团爆炸的火光之中，就连玛莎旁边的公园也被一簇簇从天空坠下的火苗点燃了。

玛莎伫立着，震惊于法师这场浩大的、毁灭性的献礼[1]。地球将死。这是人脸金属球的大屠杀。她知道，不仅伦敦，此时此刻，这样的惨剧正在世界的每一个角落上演。人类正在被宰杀、威吓、征服。短短几分钟内，玛莎的种族就已经变成了瑟瑟发抖的奴隶。

她绝不能哭。

她深吸一口气，再次抬起头，望向宛如乌云压顶般的人脸金属球。

"我会回来的。"她说。

---

1. 欧洲中世纪，教会曾强制征收个人十分之一的收入作为宗教捐税。这里指法师将十分之一的人类送给盟友作为献礼。

第二章

阿丽莎正在奔跑。她年仅九岁。刚刚,她亲眼见到一只飞翔的金属球将她的查理阿姨化为灰烬;当格兰特叔叔对着金属球狂吼、想用棒球棍将它击开的时候,他也遭到了一样的毒手。

这一天,阿丽莎恰好被留在叔叔和阿姨家代为照看。母亲进城购物了,而父亲正在伊拉克,只有方便的时候才能给她寄信。阿丽莎喜欢和查理阿姨待在一起。阿姨是个极具幽默感的人,而且还很随和——即便阿丽莎还没写完作业,阿姨也允许她玩游戏机。

阿丽莎并不能完全理解刚刚究竟发生了什么。一只飞翔的金属球使阿姨凭空消失了,这一幕简直太过荒谬。她环顾四周,总觉得下一刻查理阿姨就会突然大笑着出现,对她说:"我不见了吗?才不会呢,阿丽莎宝贝儿。刚才只是在变魔法罢了。"

阿丽莎知道,如果父亲没能从伊拉克回来,那一定是因为某个切切实实存在的原因,比如子弹或者炸药。但是,从未有人告诉她,只要遇见这种唱着歌儿的金属球,人类也可以像一捧煤灰般四散消失——就那样不见了!

金属球转动着,微微倾斜,像是正在寻找她一样。锋刃偶尔伸出外壳,又缩了回去。

阿丽莎静静地等着,她已经准备好了迎接金属球的射线。但是金属球转了一圈,又径直从厨房的窗户飞出去了。

然后阿丽莎便开始了逃亡。她已经连续逃了整整两个星期。街上几乎空无一人,也没有任何车辆。就连天空,在少了那些往返于斯坦斯特德[1]与盖特维克[2]的飞机之后,都泛出一种美丽的清澈。她饿了,就从小卖部里偷巧克力和过期三明治;许多人都不在了,她夜里就睡在他们留下的、没关大门的空屋里。

偶尔,有些金属球还会从她头顶掠过,吃吃地笑着。挤满武装士兵的军车也会时不时地隆隆驶过。尽管那些车令她想起父亲,但她还是尽量保持距离。

她调遍了所有的频道,电视上还是什么都没有。电台也同样是一片沉默,只有静电声嘀嘀地流淌。街边的别墅废弃之后,狗还被拴在后花园里,它们因为饥饿和思念主人而不停地狂吠。

第十四天,在阿丽莎吃着从塑料盒里拿出来的金枪鱼三明治时,她注意到草坪和花坛里已经开始生出杂草。

她想,妈妈什么时候才会回来呢?妈妈进城购物,究竟还需

---

1. 指伦敦斯坦斯特德机场,伦敦第三大机场。
2. 指伦敦盖特维克机场,伦敦第二大机场。

要多长时间?

绝不能踏足卡特福德[1]。联合镇压军已经在南环路[2]上拉起了铁丝网防线。在穿过佩卡姆[3]的大路两旁,尽是机关枪和沙袋垒。

玛莎正在德特福德[4]的一间屋子里,透过她从富勒姆[5]一家体育用品商店偷来的望远镜观察着镇压部队:那些人看上去都是军人,男多女少,都穿着黑色的战斗服,手扛MP5冲锋枪,腰系格洛克手枪。整装待发,货真价实。法师在招募军队这件事上可真是一点都不含糊。不知法师给这些人付多少钱?怎么付钱?用什么付钱?

玛莎确定的仅有一件事:她不想与他的私人军队正面相逢。那些人是真正的铁血杀手,杀人不眨眼,忠实地维护着军事管制。

她决定从他们中间偷偷溜过去。她那枚挂在脖子上的钥匙可以起到很好的掩护作用。那是博士用塔迪斯的钥匙为她专门制作的,那个时候,她正和博士、杰克一起躲在废弃的仓库里吃着鱼和薯片。简单来说,那枚钥匙能够屏蔽别人的感官。它并不会使

---

1. 位于英国伦敦东南部的一个地区。
2. 伦敦南部的一条主路,从伍尔维奇渡口一直延伸到奇斯威克立交。
3. 伦敦东南部地区。
4. 伦敦东北部地区。
5. 伦敦西部的一块区域。

她隐形，只是会使她变得……不起眼。钥匙在重新改良后会释放出感官屏蔽磁场，只要她带着钥匙，就可以任意出入任何想去的地方。人们理论上仍能够看见她，却不会再注意到她。屏蔽磁场能够让她与环境背景融为一体。

几条街开外的地方传来急促而连贯的开火声，玛莎悚然一惊。看来，镇压部队已经在附近开工了。尽管有钥匙保护，玛莎还是将她所有的东西都装进了背包，准备离开这个是非之地。她需要找一个新的藏身地。

躲起来会让她感觉更安全一些。

"嗨，那是什么？"格里芬问。

拉菲尔蒂将MP5冲锋枪甩到肩膀上，转头望向格里芬指着的地方。

一辆高级路虎刚刚冲进了这条街，两名骑着宝马自行车的联合镇压军成员从两翼护佑着它。路虎一身漆黑的涂装，门上镶嵌着联合镇压军的徽记。

"看来上面又要有什么幺蛾子了。"拉菲尔蒂回答道。

"波文，该收尾了！"格里芬喊道，"把活儿做得干净漂亮点！"

"遵命，长官！"波文回复。

这支小队正在将一批异端塞进后盖敞开的坦克运输车里，准备将他们统统流放到布罗姆利[1]新建的劳改营。那些所谓的异端看上去只是一群乌合之众罢了，一个个畏畏缩缩，双手抱头。士兵即便是挪动身体、调整武器，都能把他们惊得差点跳起来。有些人在哭，还有一个出于紧张，一直在不断地用手指敲击自己的大腿——笃笃笃笃！笃笃笃笃！

"滚进车里去！"波文吼道，"我话不说第二遍！"

报刊亭前，六具了无生气的尸体躺在人行道上，染血的被单遮住尸体。格里芬坚信，下马威是非常必要的。这些渣滓必须好好看清如今掌权的人是谁。这个世界已经在瞬间天翻地覆。

路虎停靠了。两翼的护卫也停下了车，脚撑在地上。当格里芬拖着拉菲尔蒂走向路虎的时候，他听见自行车上的无线电发出杂乱无章的嘀嘀声。

一个女人从路虎里跳了下来，穿着和格里芬小队如出一辙的黑色战斗服。她身材颀长，容貌俊秀，金色的短发梳理得整整齐齐。

"我要找联合镇压军的格里芬长官。"她说。

"我就是，女士。"

女人看向他，两人相对行了军礼。

"我是德克斯特副官。"她继续道。

---

[1] 伦敦东南部地区。

"女士,我知道您是谁。"格里芬说,"我以为像您这样的人更喜欢留在'勇敢者号'上呢,现在就连您也准备一起来干点儿脏活了吗?"

"像我这样的人?"副官哼了一声。

格里芬无所谓地耸了耸肩,"我这话也不是随口乱说的。您需要我做点儿什么?"

副官掏出一只密封的口袋,交给格里芬。他撕开口袋,里面是最新的指令。

"高难度搜查任务,格里芬长官。"她说,"一位 α 级别的异端有很大可能正潜伏在这一带。法师大人命令我们抓住她。既然你的小队负责这片辖区,这个好差事就交给你们了。"

"走了狗屎运。"拉菲尔蒂嘟囔道。

"玛莎·琼斯。"格里芬读出了纸上的名字,"玛莎·琼斯是谁?"

"博士已知的一位同党。"女人说,"她靠空间传送从'勇敢者号'上偷偷溜了出来,从第零天起,就一直在不断逃亡。"

"她带着武器吗?"格里芬问。

"大概没有。"

"危险系数高吗?"

"也不高。说实话,法师大人并不觉得她是个多大的威胁——不过他对于一切和博士有关的东西一向都格外警惕,想要斩草除根。"

"不好意思,女士,但是你为什么会觉得这个姓琼斯的女人会在这片地区?"拉菲尔蒂问。

"一切都写在报告里。"副官道,"正如我所说,她利用空间传送系统从'勇敢者号'上偷跑了。船上的探测器准确定位了她的目的地:汉德克洛斯公园。"

格里芬哼了一声,"公园在二十英里开外,而且她已经落地两个星期了。她现在跑到哪里都有可能。"

"她就在这里。"副官说,"有不少人向我们禀报,她曾在这里与异端们一起行动。必要的时候,你们可以挨家挨户扫荡。"

她转过身,仿佛要离开了,却又忽然停下脚步。

"她会伪装自己。"她补上了一句。

"伪装?什么样的伪装?"格里芬问,"就像戴上假胡子和眼镜那样吗?"

"她随身带着一个感官屏蔽器。"副官说。

"那是什么?"

"我没法准确地解释。简单来说,就是你会很难注意到她。你的视线会自动转开,你的感官会捕捉不到她的存在。因此你必须要警觉。只要你的直觉发现哪里不对劲儿,就要好好注意——那一定是她。"

倘若是过去听到这些话，格里芬一定会当场笑起来。感官屏蔽器？对他来说，这就好像是天方夜谭。然而，在经历了过去两周的事情之后，格里芬眼中的世界早已不一样了。

"女士，这项工作听上去应该交给人脸金属球去做才对。"他说。

"人脸金属球读取不到她。"副官说，"我们必须利用人类感官来搜索。"

"你说是就是吧，女士。"

"这项任务绝不简单，但是你一定会找到她的——只要你真的想找到她。法师大人已经描述得非常具体了。来，格里芬，咱们单独去转一转。"

格里芬跟着她，走到了离路虎和自行车都更远一些的地方。在他们身后，波文正在痛骂那些异端走得太慢。在暖阳之下，副官身上有种好闻的清香。格里芬喜欢漂亮女人身上的香味，即便是那些身居高位的漂亮女人也一样。他拥有一身被英国空军特别部队训练出来的好肌肉，身高几乎达到了惊人的两米，站在她身边的时候，就像座铁塔一样彻底遮住了她。

"恕我直言，格里芬长官——"副官轻声道。

"您尽管说吧。"

"琼斯确实是机缘巧合才落入你的辖区，但无论如何，我们都很高兴能由你来负责这项任务。法师大人认为你的技巧和能力对我们有特别的帮助。他亲自看过你的档案，格里芬。他对你产生了兴趣。他认为你正是最适合这项任务的人。"

"女士，我很荣幸。"格里芬说。

"格里芬，你会得到奖赏的。行业协会很快就要有个空位子了。倘若你能成功完成这次任务，我将亲自举荐你。你再也不用干这些脏活了。你将成为指挥链里极其重要的一环。不仅如此，法师大人也会亲自过问你的情况。每个人都是这样一步步晋升上去的。"

"遵命，女士，我立刻开工。"格里芬笑了。那道在阿富汗赫尔曼德省留下的伤疤横穿他的脸颊和嘴唇，令他的笑容显得一点儿也不友善。

副官点了点头，"这项新任务拥有最高优先级。你需要把辖区内的其他任务都转手给一名下属，然后去组建一支猎杀小队。"

"这么说，您想要我杀掉她？"

"格里芬，是法师大人想要她，就这样。她可是个硬茬子。你不会被她的美貌迷惑吧？"

格里芬低头看了看任务报告。

"她确实长得不赖，"他承认道，"但您尽可以放心，我绝不会因此而动摇。法师大人只雇佣专业的人。"

"很好。"她说着，递给格里芬一部手机，"通信录里的第一个号码可以直接联系到'勇敢者号'上的我。保持联系，随时汇报。我将尽力为你的任务提供支持和后援。"

格里芬又看了看手机。

"看来法师大人确实很重视这个女人。"他说。

"一点没错。"她同意道。

格里芬让波文留下来处理那些哆哆嗦嗦、涕泪横流的异端，然后挑选了一支精锐小队：鲍勃·拉菲尔蒂——他在赫尔曼德的老战友；洛·巴克尔，一位前伞兵，他一直很赏识巴克尔那种绝不退缩的劲头；肖恩·简克斯，另一名曾在卢旺达[1]和费卢杰[2]服役的前伞兵；"托费[3]"戈登·布梅纳尔，一位在巴士拉港[4]驻扎过二十个月的皇家海军士兵；还有"杨克[5]"詹姆斯·汉德利，前美国海军陆战队中士，曾在美国情报局供职。格里芬并不算是很了解汉德利的背景。第零日那天，当汉德利的顶头上司、美国总统温特尔在"勇敢者号"上被人脸金属球刺杀之后，他就主动倒戈投靠了法师，迅速成为法师麾下的军官。在格里芬看来，如果汉德利没有两把刷子，他是绝不可能混进情报局的；而且，远在格里芬第一次见到汉德利的时候，就被他那双杀手一般的眼睛

---

1. 非洲中东部的一个国家。
2. 伊拉克的一座城。
3. 没用的人，垃圾。俚语。
4. 伊拉克的一个港口。
5. 洋基的简称，意思是"美国佬"，是一种对美国人的蔑称。

打动了。那双眼睛冰冷、灰暗，仿佛一块阴湿的石板。一个有着那样眼神的男人绝不会是个草包。

小队借了一辆联合镇压军的悍马。

"玛莎·琼斯。"格里芬举起手中的照片说道。

"不赖。"汉德利吹了声长长的口哨。

"她可真是赏心悦目啊，老大。"拉菲尔蒂说。

"你们注意点儿。"格里芬警告道。他把照片角度偏了偏，这样他的手下就无法直视玛莎的脸了，"这样还看得见她吗？"

"老大，她正对着我的时候，我看得比较清楚。"简克斯说。

"那么从现在起，你们都得习惯看不清楚她的感觉。我们的任务就是这样的，这位大美妞儿手里有个感官屏蔽器，能够制造障眼法。你们看不到她的。"

格里芬的下属们眼睛眨都不眨地盯着他，像是在等他把笑话讲完一样。

"不，我是认真的，"格里芬说，"她会融入环境之中。甚至于，她就算站在你们身边，你们也注意不到她。"

士兵们纷纷嗤笑起来。

"都闭嘴！"格里芬呵斥道，"我挑选你们加入小队，正是出于这个原因。你们每个人都足够敏锐，足够聪明，凭借着这些优势，你们才得以存活至今。如果有任何异常，你们通常都感觉得到。这就是我最看重的一点，知道吗？对，这个姓琼斯的丫头很难找,但假如我们真的找到了她——不管是死是活——那么听好了,法师大人一定会喜出望外的。拉菲,你想不想在地中海拥有自己的小岛?"

"谢了,老大!"拉菲尔蒂大笑出声。

"托费,想当非洲国王吗?"

"非我不可的话,那我也能勉强接受。"

"那么杨克,想当美国总统吗?"

汉德利笑了,"当总统吗?我肯定比之前那四任小丑加起来都要强得多。"

"这就是我们这次行动的意义,是法师大人的私人请求。"格里芬轻声道,"他是世界之主,而他恰恰把这项任务交到了我们手里。这项任务重逾一切,可不是开玩笑的。"

士兵们低吼着表示赞同。

"洛?"格里芬叫道。

洛·巴克尔启动了发动机,悍马载着整支小队横冲直撞而去。

"老大,我们从哪里开始找?"拉菲尔蒂问。

"我喜欢你的耳环。"阿丽莎说。

"什么?"玛莎猛地停下脚步。

"我喜欢你的耳环。我妈妈也有几对长得差不多的耳环。"

玛莎低头看着面前的小女孩。天色渐暗,随着夜幕降临,她们四周空旷的街道和废弃的房子显得愈发空落落的。

"你能看见我?"玛莎微笑着问她。

阿丽莎盯着玛莎,好像玛莎刚刚说出了什么只有大人才会说的怪话。

"当然能了。我为什么会看不见你?"

"是这样的,我……"玛莎才说了两句,又马上打断了自己的话,"你真要吃那玩意儿吗?"

阿丽莎看了看她手里那个从街角便利店偷来的鸡蛋沙拉三明治,上面已经满是绿霉,"大概不吃了,看上去有点恶心。"

"你叫什么名字?"玛莎问。

"阿丽莎。"

玛莎弯下腰正对着小女孩,柔声问道:"你真的能看见我吗?"

"现在看不见了。"阿丽莎皱着眉头说,"为什么呢?你刚刚还在那儿,我都看见你的耳环了,它们很漂亮,一闪一闪的。"

玛莎摘掉钥匙,放进兜里。

"现在好点了吗?"她问。

"嗯!现在我什么都能看到了。你叫什么名字?"

"玛莎。"

"你好,玛莎!我是阿丽莎。"

"你好,阿丽莎。"

"你刚刚是怎么做到的?"阿丽莎问,"你就好像……噗地一下!"

"是这样的……"玛莎开始解释。她下意识地想用"感官屏蔽器"这个词,但她明白这对小女孩来说委实太过难懂了。

"真希望我妈妈也可以噗地一下突然出现。"阿丽莎说,"我总是盼着她什么时候就回来了,可是我觉得,她大概不会再回来了。"

"不,阿丽莎,她一定会回来的。"

"我觉得她已经变成灰了。"阿丽莎说。

玛莎深深吸了一口气。她一定不能在小女孩的面前哭出来。

"谢谢你,阿丽莎。"她说。

"为什么?"

"因为你注意到了我的耳环。我应该把它们取下来的。"

就在玛莎开始小心地将耳针从耳洞里抽出来的时候,她忽然听见了大型引擎转动的声音。她猝然抬起头。一辆联合镇压军的悍马刚刚拐进了这条街。她连忙重新戴好钥匙,然后抓住了阿丽莎的手。

"阿丽莎?"

"怎么了,玛莎?"

"我需要你跟我一起离开,现在就开始逃跑。"

"我愿意。"阿丽莎说。

第三章

"看到那个了吗?"拉菲尔蒂问道,"右边五十码[1]开外的地方,有东西晃了一下。"

"老大,我也看见了。"简克斯对格里芬说,"看上去像个小女孩。她从那些房子里穿过去了。"

"她看上去不像是孤身一人。"拉菲尔蒂说。

"那你看到第二个人了吗?"格里芬问。

"没有。"拉菲尔提说,"这就是最奇怪的一点。"

格里芬点了点头。他在悍马主控面板自带的电脑上察看了一下战术记录。根据守望者的报告,附近正有一群抗议者在活动。

但是拉菲尔蒂的表情依然很不对劲儿。

"老大,我确实看到了那个小女孩。"拉菲尔蒂说,"只是在她离开之后,我才猛然发现,她身边还有另一个人。"

"追!"格里芬命令道。

---

1. 1码=0.9144米

巴克尔猛踩一脚刹车,小队成员跳下了车,安全锁咔一声锁住了。士兵们就像游移于沉沉暮色之间的暗影,穿梭在废弃的车辆之间。格里芬猛地跨步向前。他看到半个鸡蛋沙拉三明治从塑料盒里漏出来,掉在人行道上。格里芬举起手,快速下达了一系列动作指令。士兵们立刻四散开来。巴克尔沿着一条房屋间的小巷走了进去,肩上扛着MP5冲锋枪。

格里芬就跟在他后面,心想,他们莫非真的撞上了这样的大运?

阿丽莎的体力不错,没有掉队的迹象。她和玛莎手拉着手,穿过一个由私人仓库合围起来的水泥院子,然后又跑过一片隐藏在三个公寓街区之间的公共草坪。那里,无人打理的荒草疯狂地生长,簇拥着一架秋千和一只小型旋转木马。

玛莎的心一阵狂跳。身为博士的旅行搭档,她也算是常常经历命悬一线的危急时刻,但现在的状况却截然不同。眼前的危机真实得令人战栗。身边没有了博士,此刻便不再有人为她加油鼓劲、振奋士气,也不再有人时时为她解释身边的神秘现象。她感到恐惧。在她们身后,有许多持枪的男人正逐步逼近。

对于博士交代的这项任务,玛莎已经开始感到绝望。距离第零日已有两个星期,而她几乎还没开始工作。她甚至仍然滞留在伦敦南部。她确实试着接触过部分生还者了,但她的努力却是徒劳的——那些人的心里塞满了迫在眉睫的问题，比如寻找吃喝和睡觉的地方，根本没有余力关注她。玛莎几乎可以确定，至少有一批人曾向联合镇压军队告过密，出卖了她的行踪，希望借此求得他们的赦免。

走遍全球。告知天下真相。这是个荒谬的、根本无法完成的任务。她只不过是一人之军罢了。她所具备的技能并不包括城市生存和隐蔽行踪。她确实在尽力学习了，但这无法阻止她犯一些低级错误。她迟早会做出什么足以害死自己的蠢事——比如，戴着耳环。闪亮的耳环。尽管那个小女孩看不到她本人，却能看到她的耳环。真是愚蠢，愚蠢至极。

玛莎的体能不错，但并不足以应付眼下东躲西藏的生活。她总在艰苦的地方勉强歇脚，睡得很不踏实，吃饭也是饥一顿饱一顿的。绝大部分时间她都感到极度疲劳。即便她能够入睡，也往往是在噩梦中辗转。噩梦中充斥着人脸金属球、法师的冷笑，还有博士失望的眼神。

她们跑进了一间公寓的门厅。玛莎拉着阿丽莎，按住她紧贴在墙上，然后把一根手指竖在嘴唇上，对她做了一个"嚓声"的动作。阿丽莎点了点头，双眼瞪大。

玛莎偷偷望向外面。在即将消逝的夕阳余晖里，公共草坪上空无一人。她听到一只饿狗不知在哪里哀号起来。几盏随意摆放、由自动感应器控制的路灯，已经亮起了昏黄的微光。

一个男人出现了，浑身黑衣，带着武器。他显然是一位镇压军特工。他缓步走到开阔的地方，然后停在了秋千架旁边。他端着自动武器扫了一圈，然后做了个手势。另外两个男人随即出现了，紧接着又来了第四个人。他们迅速呈扇形散开。最先出现的男人把脚蹬在秋千的轮胎座椅上，踩着它前后晃动，弄得铁链嘎吱作响。

玛莎知道她可以找到某个更加隐秘的地方躲好，然后让感官屏蔽器继续保护她。然而，她此时必须照顾好身边的小女孩。阿丽莎身上没有感官屏蔽器，更没有不惧枪弹的钢铁之躯。玛莎不能抛弃她。

何况，在某种程度上，阿丽莎已经被抛弃了，以最糟糕的方式。玛莎不知道阿丽莎独自一人等了她母亲多久。或许整整两个星期以来，这个小女孩都是独自一人在生活。

想到这里，滚烫的泪再次不受控制地涌出眼眶。玛莎深吸了一口气。她不会哭的。她绝对不能哭。

她不知自己是想为阿丽莎、为博士、为全世界而哭，还是为她自己的无用与软弱而哭。博士从一开始起就不该信任她。他为什么要把如此艰巨的重任托付给她呢？她几乎都要痛恨他了。

那位站在秋千旁的联合镇压军特工忽然转过身来，仿佛他察觉到了她的呼吸或是嗅到了她的泪水。他又做了个手势，指着她们藏身的方向。其余的男人在他身边收紧了阵型，然后所有人一起冲着这片公寓区跑了过来。现在,他们的队伍已经扩大到了六人之多。

"起来。"玛莎贴着阿丽莎的耳朵轻轻说。她们以最快的速度跑上一级水泥台阶,来到高楼的第一层。面前逼仄积灰的楼梯一直蜿蜒向上,但在她们左手边却有一道隐隐透出天光的拱门。那道门正通向上层花园。

玛莎紧紧抓住阿丽莎的手,领她一起穿过拱门,走进花园。阿丽莎脚下的运动鞋无声无息,但玛莎的鞋跟却踩出了清脆的响声。愚蠢,愚蠢至极!她停下脚步,脱掉鞋子,只穿着袜子和阿丽莎一起向隔壁街区狂奔。

她们跑不到目的地了。上层花园遍布凸起的花坛和滑板坡道,她们绝不可能在后面的男人追上来之前径直穿过花园。玛莎拉着阿丽莎,两人一起躲在了一排垃圾桶后面。

玛莎心想,在过去的两个星期里,我做的最多的事情,不就是躲躲藏藏吗?

那只哀号的狗离她们也很近。或许是嗅到了她们身上的气息,它叫得更加狂躁了。玛莎和阿丽莎一动不动地缩在那些臭气四溢的垃圾桶后面。

男人们现身了,在花园里呈扇形散开,纷纷举起手中的武器。他们以手势进行交流,在一番点头摇头之后,开始分头寻找。

玛莎确信他们终会找到她,然后杀了她。更糟的是,这个小女孩仅仅只是偶然看见了玛莎的耳环，就被卷入了这一切，现在甚至会被连累而死。即使再多死一名成年女性和一个小女孩，那也不过是为过去两周里恶劣的死亡名单再添上一笔罢了。她们也会变成那无人问津的名单上毫无意义的两个名字。

玛莎深深吸了口气。令她惊讶的是，此时此刻，她的注意力竟然格外集中。她绝不允许这样的罪孽发生在自己眼前，因为博士对她怀抱信念。他相信她。

"你待在这里。"她对阿丽莎悄声道。

"你要去哪里？"阿丽莎惊恐地说。面前的女人是两周以来唯一一个注意到她的成年人，她绝不能就这样离开玛莎。

"我立刻回来，"玛莎继续耳语，"但我需要你待在这里躲好。你能做到吗？"

阿丽莎点了点头，然后说："不要走。"

"你可以帮我照看好鞋子吗？"玛莎说，"还有耳环。"

阿丽莎再次点了点头。玛莎将她的鞋和耳环都交给了小女孩。阿丽莎将闪闪发亮的耳环紧紧地攥在了手心里。

"一定要待在这里。"玛莎坚定地重申。

她站起了身。那些联合镇压军的特工已经在花园各处分散开了，玛莎可以闻到他们身上的汗味和枪支的油味。她再次检查了一下钥匙，然后从垃圾桶后面走了出来。

"老大，这里有人。"布梅纳尔说。

"我知道。"格里芬说着端起了枪,在原地打着转,"一定要保持警惕。"

玛莎蹑足向前,小心翼翼地从那两个警戒的男人中间穿了过去。他们似乎并未注意到她。

她又从另一个男人背后悄悄溜过。其他的士兵都称呼这个男人为"老大"。他是所有人里最魁梧的,一道醒目的伤疤横贯他的脸颊。如果她能成功逃过他的眼睛并一路走到花园另一头,她就可以制造一些噪音来吸引他们的注意力,这样一来,就能把他们从藏在垃圾桶后的小女孩身边引开。

她又向前迈了一步。

"你闻见了吗?"简克斯说。

"闻见什么?"拉菲尔蒂问。

"香水。那绝对是香水,还是那种性感女孩款的。"简克斯说。

格里芬摇了摇头。

"我也闻见了。"布梅纳尔说。

格里芬眯起了眼睛,"她就在这里!"

玛莎僵住了。她此刻就站在视野开阔的地方,站在他们眼皮子底下,没有任何遮蔽物。他们一定会看见她的。

刀疤脸男人缓缓转身。就在此时,紧邻的街区传来了玻璃破碎的声音。

"走!"格里芬大叫,士兵们立刻朝声音传来的方向跑去。

玛莎大大地松了一口气,赶紧跑回阿丽莎身边。小女孩依然紧紧抓着玛莎的鞋。

"我们快走!"玛莎牵起了阿丽莎的手。

格里芬的队伍沿着高楼的台阶疾奔而上。"去二楼!"格里芬吼道。

他们开始砸开每扇紧闭的门,枪口四处扫荡着。在他们踹开第四扇门的时候,隐隐约约看到门后有个影子在晃动。简克斯和汉德利冲在前面开路,在自动开火的凌厉攻势之下,门框迸裂,屋内的家具变得支离破碎。

"停火!停火!"格里芬叫道。

"只是一条狗!"拉菲尔蒂脱口而出。

的确,他们看到的影子,不过是条被困在公寓里的饿狗。它刚刚不知怎么把DVD机撞翻了,继而又打碎了阳台的玻璃。刚刚那一波猛烈的开火并没有伤到它。它哀叫着,瑟瑟发抖,蜷缩在布满弹孔的沙发后面,身上落满了碎布和玻璃碴。

"该死,我以为我们一定能拿下她的。"格里芬喃喃道。他在狗的身边单膝跪下,揉了揉狗的脑袋,"好了,没事了,乖孩子。没事了。"

他一边安抚着那只受惊的动物,一边将格洛克手枪塞回了枪套里。

开火的声音在花园里回荡。玛莎和阿丽莎沿着她们来时的方向狂奔,穿过那条停靠着悍马的街道,冲入另一个住宅区后面的小巷。她们一口气跑过五个街区,直到再也跑不动为止。

玛莎选中了一所大门敞开的地下室公寓房。她们冲下街侧的楼梯,闯进房间里,大口喘息着。玛莎锁紧了门,挂好防盗链。她对阿丽莎微笑着眨眨眼。在眼下的处境中,想要强挤笑容来哄一哄面前的小女孩,委实不是件容易的事。

"在这里,我们暂时是安全的。"她说。

阿丽莎点了点头,但是明显看得出她依然很害怕。玛莎开始在公寓里四处寻找食物,或是任何可能会对她们有用的东西。

"我知道你很害怕,"玛莎说,"但是一切都会好起来的。我们一定能撑过去。"

"真的吗?"阿丽莎问。这孤独而恐慌的两个星期令她根本无法相信事情还会有转机。

玛莎意识到面前的小女孩有多么不安。她紧挨着阿丽莎在沙发上坐下,握住了小女孩的手。

"这样吧,阿丽莎,"玛莎柔声说,"你想听我讲故事吗?"

"想。"阿丽莎说。

哀泣者

大卫·罗登

当混沌的灰色晨曦渐渐取代夜色的时候,风暴降临了。它在封冻的冰海中嘶吼,犹如一只怪兽在喷吐着无穷无尽的雪花。然而,透过风暴的咆哮,却还有第二个声音传来:遥远、孤独、令人遍体生寒。痛彻心扉的哀鸣在那些覆满冰层的荒废楼房间回荡,又落入两个逃亡者的耳中。

这样的声音只代表了一件事情。

它们来了。

玛莎觉得,如果她的心脏没有在接下来的两分钟里猛然炸裂的话,那简直是个奇迹了。她背上的汗已经浸透了T恤,额头上也满是晶亮的汗珠。她的肌肉还在渴求她多加一把劲,但是她的能量早已所剩无几。

她在这座冰冻的城市里跌跌撞撞地继续前进,肩上扛着的老人死沉。她停下脚步,向上抬了抬老人的身子,让自己能够扶得更稳一些。

"快走,"她尖叫,"你不能停下来!"

老人虚弱地望向她,冻得发青的嘴唇微微张开,仿佛想要挤出一个微笑。

"对不起,"他哑声说,"我真的很抱歉。"

玛莎蓦然回头。隔着重重飞旋的雪雾,她依稀看到一个伛偻、畸形的影子闪入一扇门,然后立即消失了。一股恐慌在她心里猛地燃起,她口干舌燥,酸苦的味道泛了上来。他们必须抵达塔迪斯。

立刻抵达。

"不要睡……你要休克了……你绝对不能睡!"她对着老人大叫,但他的神志已经开始渐渐涣散。他的身体在她臂间垮了下来,沉甸甸地坠着她,让她不得不跪趴在雪地里。一时间,她动弹不得,可她的双臂还紧紧护在老人单薄枯瘦的身体上。无数思绪在她脑海中闪过。她必须赶紧站起来,继续前进,到安全的塔迪斯里去。她还没有放弃,还能继续战斗——但是她能感觉到,自己仅存的力量也在渐渐消散,像是融化在了雪中。她想动一动手指,手却没有任何知觉。是冻伤了吗?当她依然是个普通的医学生时,她曾在课本里读到过这种症状。现在回首望去,恍如隔世。那时候她还在皇家希望医院……皇家希望。她所剩下的,只有希望……

她近乎绝望地逼着自己集中注意力……低温症,低温症的三个阶段是什么?第一阶段是……她要是在上课的时候听得更认真一点就好了。她需要的是一位博士[1]。多么讽刺啊。当你需要博士的时候，他从来都不在你身边。

"博士，"她嗓音嘶哑，努力挣扎着让自己保持清醒，"你说过不会抛下我的。"

她的眼睛已经模糊了，刺痛不堪。在朦胧的视线里，她看到一个高挑的身影正向她跋涉而来，在暴风雪中时隐时现。他身上宽大的棕色大衣鼓满了风，衣摆在他身后飘舞着。他的脸上写满了关切。他的眼睛仿佛能够看穿层层叠叠的风雪，直抵玛莎身畔，像纽带一样连接着她。

一股暖流涌遍玛莎全身，肾上腺素在她原本力竭的身体里迅速飙升。她踉跄着站起身来，向前方伸出战抖的双手。

博士在雪中跌跌撞撞地赶到她身边，露出宽慰的表情。他抓住她的手臂扶稳了她，然后对她笑了。

"玛莎·琼斯。你跑到什么地方去了，嗯？我一直在到处找你！"

玛莎也对他虚弱地笑了笑。她真希望自己的精力足以支撑她去琢磨出什么精辟的反击。然而，紧接着，红色火光与黑色灰烬就在他们眼前次第绽开，然后在十分遥远的地方，传来某人跌倒在地的声音。

---

1. 原文为Doctor，也有医生的意思。

此后，一片寂静。

根据玛莎的手表显示，四小时前，在暴风雪席卷阿格劳斯之前，一个蓝色盒子正在时空旋涡的彩虹闪光中飞驰，四面都受到时空之风的压迫力。

蓝盒子内部的空间庞大得令人难以置信。脉冲电流在金属铸就的地板下剧烈冲撞着，发出照亮四方的绿光。在一片混乱的中央控制台两侧分别站着人——玛莎·琼斯和博士。

"那是警报吗？"玛莎试探地问道。

博士夸张地挥了挥右手，将一个按钮拨到冲上的方向，哼了一声，然后紧张地盯着控制台上架起的扫描仪……他已经戴上了眼镜，用指关节敲击着屏幕。

"反正我觉得是个警报。"玛莎说。

"不可能，"博士反驳，"这才不是警报呢！"

扫描仪旁边的那只老旧扬声器发出了一系列断断续续的失真声响。

博士从西装内兜掏出一支墨水笔，在笔记本上疯狂而潦草地速记："既不是警告，也不是垃圾邮件。快点，快点，你到底是什么？"

他记下的符号非常古怪，长得像蜘蛛一样，仿佛是某种古老的外星速记法。

"啊！"他突然开口，身子一下子坐直了，脸上浮现出一个大大的笑容，露出牙齿，"抓到你了！"他后退几步，跳回到控制台边缘，在两个驾驶位中间的一个上面坐下来，长腿在椅子下晃来晃去。

"太棒了——太棒了，玛莎·琼斯。只用了不到十秒钟，就解读了一种完全未知的外星语言。"他在玛莎的眼皮下嚣张地挥舞着笔记本，"太厉害了！"

他本来在笑，却突然意识到玛莎只是在盯着他看，全然不为所动。

"什么？"他问道。紧接着，他的声音足足升高了八度，"什么？！"

玛莎望向他，"确实是个警报，对吧？"

"是的。"他说，微微有些羞赧。

玛莎笑了，戳了戳他的肋骨，"我之前说什么来着？我可不只是个花瓶！"

博士从椅子上跳了起来，好像突然来了精神，"玛莎，我从来不愿多注意所谓的警报。只有猫才会那样呢！我觉得我更像是条金毛猎犬，无论面对什么事情，都愿意兴致十足地直接一头扑上去！反正我是从来都没遇到过麻烦……九百零三年都没遇见过了……当然，也不能说是'从来都没有'……怎么说呢，其实时时刻刻都有……哎，我就是这个意思罢了！"

他长腿一迈，已经敏捷地绕着控制台转了起来，不停地扳动把手，拨弄按钮。

"你不觉得现在正是最令人兴奋的时刻吗？"他激动道，"快看，我都起鸡皮疙瘩了！"他自豪地卷起了衣袖，"这是只有探险才能带来的刺激和战栗。我们可以出现在任何地点、任何时间。你不觉得真是太棒了吗？"

"警报不会无缘无故出现的。"玛莎平静地说。

"玛莎·琼斯，我就喜欢你这一点！"

塔迪斯轻轻地向侧边倾了一下，然后彻底静止不动了。博士将安全索搭在控制室地板的低处，然后抓起了他掉落在地的棕色大衣。他一边冲向大门，一边匆匆忙忙地将手臂从衣袖里伸出来。

"来吗？"他将手搭在门把上，回头询问。

"你可拦不住我。"玛莎冲下斜坡，来到他身边。

他们两个站在塔迪斯外面，面前是一片无边无际的皑皑冰雪，仿佛不受重力控制一样化作旋涡和层叠的褶皱，一直延伸到远方弯曲的地平线。

"你确定这不是南极洲吗？"玛莎轻轻地碰了碰博士。

"不是南极洲。"博士把手塞进裤兜，伸着脖子向着塔迪斯后面张望。

"啊!"他说,仿佛大梦初醒一般,"往那个方向走走。"

"什么?"玛莎问。在刺骨的寒风里,她只能用双臂紧紧抱住自己的肩膀。

"阿格劳斯。"他说。

玛莎小心翼翼地从塔迪斯旁边探出头来。她面前,在浮冰的正中央,坐落着一座城池。棱角分明的尖顶矗立着,足有几千英尺[1]高,仿佛要直抵青蓝色的天穹。拱顶、摩天大厦、桥梁以及一重重玻璃高墙,都覆满了厚厚的雪。这座城市看上去彻底被遗忘了,空空荡荡,仿佛它一直沉寂在某个角落里,早已蒙尘。

然而最令人震惊的还是天空。这个封冻的星球如此美丽,令玛莎深深震撼。弧形的极光在她头顶壮丽地闪耀,极光之外是亿万流星,不断地燃烧、爆炸、四下飞散,远处的电离层宛如色彩斑斓的颜料在清透蔚蓝的天幕中绽开。

而在遥远的地平线上,有一块圆斑正悬在紧贴城市天际线的位置,像镁的火炬一样熊熊燃烧,白得刺眼。那是……太阳?不,玛莎心想,它的位置太低了,离星球表面过近。在她仔细打量的时候,她发现那块白色圆斑正在有节奏地律动着,仿佛在呼吸一样。黑洞可以是白色的吗?可如果是黑洞的话,定然会摧毁周边的一切,不可能像现在这样安静停留。那么,不是黑洞的

---

1. 1英尺=0.3048米

话,又是什么呢?"

"是虫洞。"博士仿佛洞穿了她的心思,"真美,是不是?你们的后裔曾到过这里,想要攫取这个虫洞的力量。那是通往时空旋涡的大门。我们也正是通过它来到这里的。"

"可他们那样做,简直是疯了。你知道的,虫洞一定会……"玛莎语无伦次地说道。

"会毁灭他们?不会的!"博士锁上了塔迪斯的门,"想不想去走走?"

"阿格——什么?"玛莎问道。博士的步子迈得很大,她只能小跑着追上他。

"阿格——劳——斯。"博士说道,"第二繁盛人类帝国最远的前哨之一。两千名来自地球的先驱者把这颗星球变成了人类的殖民地。他们想改造这颗星球,使它地球化——或者说,他们开了个头。"他挠了挠头,揉乱了自己支棱着的褐发。

"这里出过事吗?"玛莎问。

"嗯。"博士皱了皱眉,却没有停下前进的脚步。

"警报里到底说了什么?"玛莎不依不饶,"……博士?"

他停下脚步,猛地转身望着她,"翻译出来的消息里,不管要不要加上那个多出来的元音,结果都是一样的,'远离'。"

"远离什么?"

他又开始向前走了,"这就是最关键的问题。"

在玛莎眼中,这座城市像是已经荒废多年了。

博士在她身边不住地说着:"很多个世纪以来,这里的居民都住在虫洞的边缘,让虫洞为城市供给力量。然而,副作用却是——玛莎,注意听,这太有趣了——离虫洞如此之近的副作用就是,人们获得了一定程度的通灵能力。"

玛莎挑起了一边的眉毛,"什么样的通灵?看手相和解读茶叶形状吗?"

"那些人能够看到丝丝缕缕的未来……通灵,预知未来,不就是这样吗?"博士猛地刹住脚步,玛莎一头撞在了他身上。

"怎么了?"

"嘘!"他举起手,示意玛莎安静。

"到底怎么了?"玛莎压低了声音。

博士的嘴唇贴近了玛莎的耳朵,耳语道:"我说跑的时候……就跑。"

玛莎感到一股寒意。那些渐渐暗下来的楼房就笼罩在她头顶,她蓦地扭头,开始在楼房间张望起来。可是她什么也看不见。

"跑!"博士大叫。他紧紧抓住她的手,猛地把她扯向左边。她跟跟跄跄地跟着他冲进了旁边一座破碎的楼房里,脚在雪地里打着滑。

就在同一时间,她听见了哀泣声。

那声音起初是悲伤沉郁的,后来却逐渐变得凶猛起来,犹如某种动物的咆哮在玛莎的脏腑之间回荡。这种咆哮不像地球上任何已知的生物,也不像任何她接触过的外星生物,是一种痛彻心扉的哀鸣,几乎能将玛莎的血液冻结成冰。悲哀,又愤怒。

更糟糕的是,声音距离他们已经很近了。

博士拖着她穿过废弃的楼房,跳过断裂的、覆满冰雪的房梁,将一捆捆电缆推到一旁。

在他们身后,传来野兽般的喘息与嘶吼。那个东西很野蛮,而且行动迅速。紧接着,更多窸窸窣窣的脚步声也加了进来。不只是一个——有一群怪物都在他们身后紧追不舍。

正当他们爬上一段残缺的水泥楼梯时,一只怪物从头顶的阴影里一跃而下,距他们只有几米远了!博士和玛莎刹住脚步,准备掉头跑下楼梯,却惊讶地发现楼梯下面也已经围满了一大群怪物——看上去,许多不同物种杂乱无章地拼凑在一起,才勉强组成了它们的样子。类昆虫的头、爬行动物的手臂、蜘蛛的眼睛、人类的腿,还有腮……有无数种不同的组合方法。它们的嘴唇翘起,露出尖锐残忍的针齿,唾液宛如一道道银色水流,自它们的下巴垂下。显然,它们是要开始捕杀了。它们张开嘴,炙热的呼吸在空气中形成腾腾的白雾;紧接着,它们一齐开始哀号起来,是一种悲伤的、嘶嘶的哀泣声。

博士紧紧攥着玛莎的手,将她挡在自己身后。

"现在!捂住你的眼睛!"

一道不知从何而来的光猛然闪过,比普通照相机的闪光灯强百倍,直接贯入玛莎的双眼。她拼命地眨眼,想要驱逐眼前残留的闪烁红光。她捂着自己的脸,把头埋在博士身上。

可更令她震惊的,却是随之而来的尖叫。在极度痛苦之中,那些怪物大声号叫起来,抓着自己的头,倚着结冰的墙面,像酒醉一样蹒跚着。

又一道强光闪过。

这次,玛莎的视线终于清晰起来了,足以让她看到那个站在楼门口的男人。那个男人全身裹着厚重的冬衣,戴着有色的护目镜。他手里攥着一根黑色的管子,管口扁平,直指距离他最近的怪物。他再度开火。一道蓝莹莹的光从尚在冒烟的管口窜了出来。怪物的身体一扭,僵住了,它的皮肤上烧起了熊熊烈火,像被火舌舔卷的照片一样发出汩汩的声音。然后,怪物轰然倒地,彻底失去了意识。

"别光站着看!"男人吼道,"再过三十秒,它们又要追上来了!"

博士抓着玛莎的手,紧随男人身后冲进雪地里。风更大了,卷起无数雪花,形成一道狂暴的雪龙卷。

"暴风雪就要来了,我们必须赶紧进入室内。我家就在那边。"陌生人用一只戴着手套的手示意。

玛莎只能分辨出远处有一座塔,大约有三十米高,庄严地矗立在城市中心的废墟之中。

他们走近了。玛莎看到塔尖亮着一盏灯,缓慢而规律地闪动着,好像遵循着心跳的节拍一样。是灯塔,她心想,那是一座该死的灯塔!

不出多时,他们就进入了塔底的房间。陌生人转过身,将一扇沉重的金属大门在他们身后关上了。塔内就像山洞一样幽冷黑暗,不过这里面至少没有暴风的侵扰。狭窄的螺旋楼梯附近亮着一缕光,照亮房间中央。片刻间,玛莎眼里只看得到那缕光;过了一会儿,她的眼睛才渐渐适应过来。

男人掸了掸身上的雪,摘下兜帽和护目镜。他是玛莎此生见过的最衰老的人。他的脸庞干枯,纸一样薄的皮肤松垮垮地挂在颧骨上,雪白的头发也极其稀薄了。然而他的眼眸却令玛莎震惊:那是一双属于少年人的眸子,深邃而美丽,里面燃烧着无穷无尽的热情。

博士用双手攥住男人枯瘦的手,热情地同他握了握,"我不知道你是谁,但是我们——我和玛莎,那边站着的那位就是玛莎——我们一定要好好谢谢你!万分感谢。对了,你可以叫我博士。"

"你好!"玛莎轻轻挥了挥手。

老人目瞪口呆地盯着他们,脸上露出笑意。

玛莎有些不自在,不禁挪动了一下。

老人终于开口讲话了:"其他的人?你们……是真的吗?"

"货真价实,如假包换!"博士大笑。

"很荣幸见到你们。太荣幸了。我的名字叫韦克特。请原谅我刚才在外面时的粗鲁无礼——那些东西可不太在乎礼节。到了这里,你们就是安全的。"

老人转身,开始领着他们走上水泥台阶。

玛莎追在他身后,"我们确实非常感谢你的搭救。但是,你是怎么找到我们的呢?"

"我知道你们要来,"韦克特说,他用手指轻轻敲击着太阳穴,"我知道应该去哪里找到你们。我几乎要丧失希望了。我还以为不会有人来了——再也不会来了。"

在昏暗中,韦克特引着博士和玛莎爬上四层楼梯,在一个狭小黑暗的房间里停下。房间看上去极度简陋,一些闪烁微弱光芒的六边形嵌在天花板上,排列成锯齿形,它们就是房间里唯一的光源。房间的角落里有一张窄床。墙上长满了黏腻漆黑的霉斑,气味令人作呕。

韦克特示意玛莎和博士都坐在床上。

"那些怪物到底是什么?"过了一会儿,博士问道。他的眼光在屋里扫来扫去,力求将每一个细节尽收眼底。

"它们是从虫洞里来的,"韦克特说,"至少一开始,大家都是这么猜测的。现在,已经没有任何还能继续猜测的人了。除了我之外。我的族人一个接一个地消失。没了。所有的人都没了。那些东西带走了他们。"

"我很抱歉。"玛莎悄声说。

韦克特将一把木椅子拖到床边,坐了下来,他身上的关节嘎吱作响。"幸亏有我知道你们被困在外面,"他说,"否则它们一定会把你们也带走的!"他挥舞着手里的扁口黑管,"不过,大体来说,他们见到我是一定会绕道走的。"

"这么说,你就是……阿格劳斯的最后一个……人类?"玛莎问。

"嗯。"韦克特点了点头,"我是这里的守护者。"

他用一根枯瘦的手指指着上方,"是我让灯塔规律运转的。"

博士猛地跳下了床,"警告是你发送的?"

韦克特轻轻侧过了头,脸上露出一个极淡的笑容。

"为什么?"

"我的工作就是这样。我们的政府选我来做维护……至少在他们消失之前是这样的。灯塔的作用就是警告人们千万不要来这里。"

博士忽然停住了,"这座灯塔很古老。你不会是从一开始就一直在这里待着吧?"

韦克特抬头望着博士,然后拉下自己的衣领,露出脖颈。一丛细小的电路仿佛是直接从他的皮肤里长出来的。纤细的电线自电路而起,在他肌肤之下扩散。电路正中央,有个纤小的绿灯在轻柔地一闪一闪。韦克特用手点了点电路,笑了,"是这个东西让我活着。它会监控我的新陈代谢。我不会衰老,也不会患病。不过,我也不能离开了。我与灯塔是相连的一体。我无法离开。走背字儿的时候,这玩意儿还会影响我通灵的能力。正如我所说,这就是我的工作,守护灯塔直到时间的尽头。"

博士戴上眼镜,凑近去细细察看韦克特的脖颈,微微眯起了眼睛。

"啊,真是美丽的杰作。"他说,"虽然美丽,却是错误的。"

他的手伸进大衣兜,掏出他的通灵纸片展开,像在出示什么身份证件一样。韦克特盯着纸片看了一会儿,又看看博士,"然后呢?"

"告诉我你看到了什么。"

韦克特倾身向前,努力眯起眼睛观察纸片。他伸出一只骨瘦如柴的手,从博士手里接过了纸片。紧接着,玛莎被吓得跳了起来——老人的身体猛然僵住了,像是癫痫要发作一样。他发出一声空洞而绵长的呻吟。他突然远远地丢开通灵纸片,纸片滑过覆满尘土的地板。

玛莎抓住了博士的手臂,"出什么事了?"

"这只是个猜测,"博士说,"不过我认为纸片好像把他自身的通灵能力反弹了回来。不觉得很有趣吗?"他问韦克特,"你看到了什么?"

韦克特注视着他,眼神冰冷,"我的未来。"

"如果你希望的话,我们可以帮助你。"

韦克特凝视着博士的双眼,"对。你一定能帮助我,不是吗?"

博士忽然感觉到了一丝脆弱——

在那一瞬间里,韦克特洞悉了时间领主的未来,洞悉了所有的一切。

"你知道永生是什么感觉,对不对?"韦克特低语,"时光在面前流逝,永无尽头。世间万物来来去去。还有你所失去的一切。但是不知为何,你能自己淡化那些情感。你将情感藏了起来。曾经,想要遗忘是最困难的;而现在,想要铭记才更加困难。"

片刻的沉默。

"博士,你曾拥有过一个家。"

博士喉头滚动,陷入回忆之中无法自拔。

"而今,他们都不在了。"韦克特的眼睛里雾蒙蒙的,"他们葬身于炼狱,在火湖中——"

"够了。"博士打断。

"你能把我从这里带出去吗?"韦克特小心翼翼地打量着博

士的脸，"乘着你的……飞船。带我回家，回到地球去。把我脖子里这个该死的蠢东西拿掉，然后把我扔在大海边就好。这里已经冰封将近五个世纪了，我真想回忆起那种暖潮冲刷皮肤的感觉。求你了，让我死吧。"

"你要去哪里？"玛莎问，因为博士紧接着一跃而起。

"我要帮助他。我现在就去研究一下这座灯塔，好把他的人生控制权重新交还到他自己手里。"他话音刚落，就消失在楼梯之间。

玛莎轻轻地将韦克特引到床边，让他坐下。

"你也很孤独，是吧？"韦克特突然说，"我甚至不用窥探你的思想，就看得出你想要的是什么。全世界人都看得出来。无论如何，他都绝不是'真命天子'。"

玛莎只是温柔地笑了笑，但是她内心的疑虑和彷徨却从眼神里透了出来，"所以，你是真的认为，你的通灵能力是个——天赐的礼物？"

韦克特笑了，声音嘶哑粗糙，"确实是个礼物。不过问题是，我压根儿就不想要这份礼物。它是不请自来的。"

他俩都沉默了。过了一会儿，韦克特突然开口，语气平淡，"你想知道自己会怎么死吗？"

"我想……想知道。"

"不，你并不想。"他的目光似乎能直接穿透玛莎的灵魂。

"没人能看到未来，"她说，内心涌起一股恐慌，"那是不可能的。绝无办法。未来还没有发生呢，关于未来的一切都还未曾写下，未来只是……会发生而已。你只不过是在胡编乱造罢了。"

韦斯特睿智地点了点头。他的目光离开玛莎，转而投向他的双手。他的拇指蹭过掌心，仿佛在挠痒痒，"如果未来并不存在的话，我又是怎么看到它的呢？"

玛莎走到一扇小窗户旁，沉吟了半天，然后擦掉了玻璃上凝结的霜雾。她将鼻尖贴在玻璃上，伸长脖子望着下面城市的废墟。许多黑暗扭曲的影子就站在门洞里，仰起头望着灯塔。看上去，它们仿佛都在哀泣。

"它们在做什么？"她问道。

韦克特看了看她，"或许它们也一样感到孤独？"

博士闯进了房间，拍了拍手，"好了！咱们撤！活儿都干完了。"

"干完什么了？"玛莎问。

"动动手脚，要耍诈罢了。不过怎么说呢，基本上是动动手脚，倒是没耍什么诈。好啦！韦克特先生，你觉得我们现在启程回家怎么样？"

韦克特的神色顿时为之一振，泪水涌出眼眶。

"我切断了伺服继电器和灯塔之间的联系。你自由了。"

韦克特咬着嘴唇,身子微微发抖。玛莎轻轻地捏了捏他的肩膀。

"我的天哪。"他最终只说了一句话。

玛莎从床上捡起武器,递给博士,"外面围着一群怪物。你先出去,用这个把他们引开。危险一解除,我就带着韦克特出去。我们在塔迪斯门口碰头。"

博士接过黑管,有些忧虑,"这会重创它们吗?"

韦克特笑了,"要是能重创它们就好了,一群恶毒的畜生。不过,这武器依然会使它们感到灼痛和剧烈的头疼。除此之外,没有其他效果了。"

"太好了!"博士向着门走去,然后停下脚步,在原地猛地转过身,鞋跟在地板上擦出尖锐拖长的声响,"一起来吗?"

几秒钟后,他就冲进了暴风雪里,被那些蠢蠢欲动的怪物追着,消失在飞旋的雪花和一片暗淡之中。同时,玛莎带着逐渐衰弱下来的韦克特,也踏入了雪中。

玛莎感觉自己深陷黑暗之中。她的记忆仿佛缺失了一块。她还记得博士在风雪中向她跋涉而来,对她说了些什么,然后便是一片空白。在短暂的空白之后,她只记得自己抬头看着博士,被他搀扶着从雪里爬起身来。现在,她觉得自己终于可以放松下来了，就这样任由意识一会儿混沌一会儿清醒，因为她知道，她是安全的。尽管她依稀记得那些怪物攻击了他们，记得博士手中的武器发出无比耀眼的光，但她并未感到恐慌。

渐渐地，身边的一切开始变得清晰起来。博士正在稳稳地将她和韦克特一起拖向塔迪斯。终于，那个熟悉的长方形蓝盒子出现在风雪之中。玛莎竭尽全力站直身子，踉跄着冲了两步，伸出手去，满怀感激地抚摸着警察亭的木头墙壁。博士回过头，最后看了孤零零的大浮冰一眼。一群黑色的影子出现在遥远的地平线上，蹒跚着，浑身都是冰雪。他随手丢掉韦克特的武器，然后走进了飞船里。

好不容易到了室内，玛莎扶着韦克特走上斜坡，来到中央控制台旁，让他在驾驶员的座椅上坐下。

老人贪婪地张望着，想要把这个巨大山洞般的空间尽收眼底——柱子像珊瑚一样直接从地板生长出来，向着半圆穹顶高高地伸展；防护布裹在锈蚀的栏杆上，被胶带紧紧地固定住。

"简直……简直难以置信。"他结结巴巴地说。

"你会习惯的。"玛莎说。

博士大步走上控制台，将大衣抛在一边。

"给你最后一个反悔的机会。"他说。

韦克特深深吸了一口气，抓紧了玛莎的手。

"说这种蠢话有什么意义？"他说，"你就好像要说服我改变主意似的。"

博士笑了。他用一个夸张的动作，猛地把一个按钮向上拨动。

几秒钟之内，塔迪斯引擎隆隆震颤的声音就响彻了控制室。韦克特难以置信地盯着起起落落的中心柱。

"这台机器简直神了——"他刚刚开口，声音又忽然戛然而止。他紧紧抓着脖颈处的电路，发出一声极其痛苦的尖叫。他倒在地上，缩成一团，绿色的电火花在他的脖颈和脸部狂舞闪烁。

"他不能就这么死！"玛莎大喊，"他绝不该此时此刻像现在这样死掉！"

"我们必须回去。"博士跑到控制台旁，猛地将一排手柄一个个下拉。

塔迪斯颤动了一下。几秒钟后，它再度落在地上，中心柱也停止了运动。

"你不是已经断开他和灯塔的联系了吗？"玛莎问。

博士跑到韦克特身旁，掏出音速起子。他将起子对准老人脖颈的芯片扫描了一下，然后仔细研读着结果。

"天哪，我太蠢了！"他用手背拍了一下额头，"这是个双重机械装置。如果灯塔没办法把他困在这里，作为后备的芯片就会自动启动。太简单了。我怎么没想到呢？"

玛莎把博士拉到一旁，"你能把芯片直接关闭吗？"

博士皱了皱眉，脸上满是专注，"没那么简单。那个东西已经和他的身体系统彻底融为一体了。如果操作不当,我可能会害死他。不行,我必须想个万全之策。"

他转过身,扑向控制台,对着按钮和拉杆一通操作,偶尔掏出音速起子扫描一下。

玛莎坐在韦克特旁边,握着他骨瘦如柴的手。"相信他。"她对他说。

韦克特看着她,"我被困在这里了,对不对?"

玛莎摇摇头,"他一定会有办法的。"

突然间,博士从控制台前一跃而起,跑到韦克特身边,挥舞着音速起子。"知道吗?你身边的人正是个天才!"他骄傲地说,"我可以把电路和灯塔之间的联系堵上,一旦堵上了,我就能把它彻底解除。"

韦克特望着玛莎,像是希望得到某种慰藉和信心,然后又把目光转回到博士身上,"然后你就能带我回家了吗?"

"没错!"博士凑近韦克特的脖颈仔细观察着,然后警告道,"可能会有一点点疼。"玛莎立刻明白过来,所谓的"一点点疼"多半意味着十级剧痛,于是,她更紧地攥住了老人的手。

音速起子嗡嗡震动的蓝色尖端悬停在芯片正上方,芯片表面的电子也随之震动,焕发光芒。韦克特感觉一股股热流在他的颈部跳动,不禁眯起了眼睛。突然,一簇火花从韦克特颈间猛然迸溅而出,他咬着自己的舌尖,可是博士依然没有停手。

玛莎感到韦克特的手正在自己掌心里逐渐胀大。她下意识地低下头,松开了自己的手指。恐惧顿时涌上她的心头:她掌中握着的早已不再是老人的手了,而是一只布满硬刺毛发的爪子。她放开那只手,后退了几步。

"博士。"她悄声说。

博士顺着她的目光望过去。"啊!"他说,"这真是不公平!"

韦克特的五官都因疼痛而扭曲了,可他依然努力望向自己的手:"我……我身上出了什么事?"

博士的肩膀顿时垮了下来,他恍然大悟,露出严肃的表情,"当然,当然会是这样了!玛莎,我的脑子不好使了,看来我需要一个新脑子!我知道是怎么回事了!"

玛莎困惑地看着他。

"你还没明白过来吗?"他激动地说,"天哪,博士,你这懒得生锈的猪脑子,我现在全都明白了。"

在迷惑与沮丧之下,玛莎带着些许怒意问道:"到底怎么了?"

"这颗星球被诅咒了。"博士站直了身子,"韦克特,你的猜测是错误的。这里的居民没有死——事实上,他们哪儿都没有去。他们就在这里。这些怪物,就是他们进化而成的。"

玛莎惊恐地看着韦克特的手臂开始扭曲、伸长,逐渐变成类似蜘蛛腿一样的东西。

博士戴上眼镜,好奇地打量着韦克特的变化,"一定是虫洞的影响。虫洞不仅给予了这座城市居民通灵的能力,它里面残余的千万种外星生物基因也彻底扰乱了人类的身体。"

韦克特的右臂不断裂化,比起刚才足足增长了一倍。他痛苦地嘶喊:"求求你们,救救我!"

"是芯片。"博士说,"芯片保护了他的人性,所以他一直没变成那种怪物。我一定可以做点儿什么!"他再次打开音速起子,电路震颤了一下,迸出更多的火花,"我可以做到的!"

韦克特又尖叫了一声,脸痛得扭曲起来。突然间,他的下颚也开始变形,化作两块分离的颚骨。

"我和那些东西不一样!"韦克特吐了一口口水。

"你把事情搞得更糟了!"玛莎喊道。

博士关掉了音速起子,"不!不!不!为什么我就做不到呢?"

老人吐出了舌头,他的舌头已经变黑肿胀起来,在口中伸缩闪动,犹如一条试探的蛇。

博士深深吸了一口气,然后把脸埋在了手心里。

"博士?"玛莎催促道。

"好了!"博士突然生硬地开口。他在韦克特面前半跪下来,"听我说。如果我毁掉芯片,你就会变成那样的怪物。如果我修好芯片、让你以人类的形态生存,那你就必须留在这里。对不起。无论结果是哪一种,你都必须留在这里。我没有别的办法了。真的很抱歉，你必须立即做出选择。韦克特？"

老人挥动了一下他化作利爪的手，恐慌地盯着它看。

"我的人生就只能这样了吗？"他哭喊道，"我等到的，就是这样一个结局？"

博士焦急道："拜托了！你希望我做什么？"

博士和玛莎屏住呼吸，等待韦克特做出决定。就在这时，他们听到了哀泣声……从外面覆雪的荒原传来。那些怪物——韦克特的族人——也在等待着他的决定。

韦克特伸出一只扭曲的爪子，轻轻搭在了博士的肩头，"你的证件……"

"通灵纸片？"

"是的。我能再看它一眼吗？求你了？"

博士把手探入外衣，掏出皮夹。他慢慢地打开皮夹，让韦克特看到里面的东西。老人深深地凝视着仿佛能够直窥人心的通灵纸片。这一次，他的反应十分沉着，近乎彻底平静。

"谢谢你。"他轻声说。

博士合上皮夹，将它收了起来，"你看到了什么？"

韦克特靠在椅背上，闭上了眼睛，"结局。还有开端。自由。永远不再孤独。"他睁开眼睛，微微一笑，"我欠你一个人情。"

博士对他挥了挥手，"别放在心上。"

"博士,这是我们这里的传统。我欠你一份礼物。而我能给予你的唯一一样有价值的礼物,就是预知未来。"

博士站起身,皱着眉头,后退了几步,"我不确定预知未来是不是个好主意。如果一无所知,反而会比较有趣。"

韦克特没有理他,而是转向了玛莎,"关注你的家人。保护他们。玛莎·琼斯,你的家人需要你变得坚强起来,要非常非常坚强才可以。"

玛莎的脸上浮现出疑云,"你是什么意思?"

韦克特又望向博士,"至于你,时间领主,有些结局即将到来。你会面对失去和死亡——"

"拜托,"博士打断了他,"请不要说了。"

韦克特低头看了看他勾起的狰狞利爪,急促地喘息着。再次抬起眼睛的时候,他的双眸已经变得绿莹莹的,眸中有光芒跃动。

"请摧毁我脖子里的芯片,"他说,声如梦呓,"让我离开吧。我想和我的族人在一起。"

博士倾身向前,打开音速起子,毁掉了电路。一捧明亮的火花从老人的脖颈喷出,他的后背猛地弓了起来,五官因为痛楚全都挤在了一起。紧接着,一轮新鲜的痛感席卷了他的身体。他大口喘息着,双膝跪地,用双掌撑住地面。他的骨骼和肌肉开始扭曲重组,面容也在不断变化,随着新的凸起、褶皱与下凹出现,他变成了某种全新的生物。

玛莎转过身。博士看着她走向控制台。

"玛莎?"他问。

"我不想看。"她说。

在她身后,博士轻轻地把那个怪物搀扶了起来,让它站稳。它转过头凝视着博士,蜘蛛般的圆球巨眼里满是迷惑。紧接着,怪物像是致谢一般低下了头颅。

"我带你出去。"博士喃喃道。

他推开门,寒风灌入控制室。玛莎僵在控制台边,听着韦克特新长出的脚掌咔嗒咔嗒地拍击着塔迪斯的金属地面。她泪流满面。

玛莎听见韦克特在门边停了下来,但她还是不敢转身。他是在等待什么吗?等待着她的示意?玛莎心中充满了负疚感,她叹口气,慢慢地转过身,隐隐恐惧着眼前将会看到的景象。

可是韦克特已经消失在了大雪里。

博士郑重地关上了门,重新走回到玛莎身边。他环住她的肩膀,将她拉入自己的怀抱。

"我最爱大团圆结局了。"他说。

玛莎抬头望向他,"接下来怎么办?"

"动手动脚、耍耍诈呗。"他神情雀跃,"知道吗,玛莎·琼斯?我觉得灯塔发出的警告信号,应该改一改了。"

"改成什么?"

"更恰当的内容。你觉得呢?比如说……'拥有特殊科研价值的被保护星球'。"

博士开始在控制台上输入灯塔的坐标。就在中心柱开始起起落落的时候,玛莎问:"他会没事的,对吗?"

博士目不转睛地盯着控制台闪烁的灯光。有一瞬间,他竟然显得非常乐观。

"可能会,可能不会。"他说,"但至少有一件事我能确定。"

"是吗?什么事?"她问。

博士转动了一个按钮,"他会过得超级棒!"

第四章

玛莎的故事似乎让小女孩的心情好转了一些。仅仅是讲述这个故事,就足以让玛莎感到自己的状态正在恢复。这个故事强迫她重新正视生活中那些真正重要的事情。她面前的小姑娘只有九岁,却努力地在地狱中存活了两个星期,全是靠着一份"一定会有人使现状好起来"的信念;而玛莎却依然沉溺于自怜自伤之中,甚至怪罪起博士。她真为自己感到羞愧。

玛莎在公寓那又阴又湿的小淋浴间里匆匆地冲了个澡。水流冰冷,而且还断断续续的,但她并不在乎。她洗净了身上所有的香水味道,暗暗发誓以后一定不再喷香水了,也不再戴首饰。

此时已经将近凌晨。阿丽莎睡着了。刚刚她们将就着吃了一顿饭——玛莎用随身包里的便携炉煮了些封藏在铁皮罐头里的豆子和香肠。玛莎将她的长发在脑后绑成马尾,又在公寓的卧室里找到了一双合脚的运动鞋。

阿丽莎醒来之后,她会将小女孩带到更安全的地方去,比如把她托付给其他的生还者,或是找一个难民营。她一定要保证那些人可以照顾好阿丽莎。玛莎心中渐渐升起了一股全新的使命感。她先前花了太多时间躲躲藏藏、四处游荡,甚至浪费了许多精力去质疑自己的能力。而现在,她意识到她有一份不得不去做的工作,这份工作至关重要,她必须继续前进。她不能再躲了,也不能再藏在暗处畏畏缩缩了。她必须更加乐观、更有自信。她必须肩扛使命前进,闯出一条自己的路来。

毕竟,如果换成是博士在这里,他一定也会这么做的。

破晓时分。格里芬站在悍马旁边,捧着铝杯喝热咖啡。在一晚上的努力付诸东流之后,拉菲尔蒂和其他队员不住地抱怨着,但格里芬却坚持认为他们并非一无所获。

他相信,他们当时已经离目标很近了。尽管狡猾的玛莎·琼斯非常聪明、擅于伪装,但是她也差点就落入他们的掌心。尽管那只是一丝无迹可寻的直觉罢了,但格里芬始终相信自己的直觉。这一次玛莎之所以能够溜走,全是因为他被那只打碎玻璃的饿狗误导了,也或者她只是碰巧撞大运。但是,格里芬坚信,他既然能接近她一次,他就一定能接近她第二次。

格里芬把咖啡渣倒在地上,大声召唤小队成员们集合。他绝不会就此放弃,白白让她跑掉。副官选择他来负责这项任务是十分明智的。他就像一枚巡航导弹,一旦发射,在找到目标之前就不会善罢甘休。

"快点!"他大喊,"咱们出发了!"

两天之后,玛莎在巴特西[1]的生还者营地与阿丽莎告别了。玛莎还在营地里待了几个小时,和生还者们聊天,倾听他们的故事,同时也讲述她自己的故事。在她的努力下,那些人开始听她诉说,并且能够理解她的心情,甚至许诺将她的故事传递给他们遇见的每一群难民。

"你为什么要这么做?"其中一个人问她。

"因为总要有人做这件事。"玛莎说,"你只需要告诉更多的人就好。把玛莎·琼斯对你说的话转达给他们听。"

"法师一定会来找你的。"另一个人说,"像你这样四处游荡,对每个人说这些话,还告诉大家你的名字,他一定会找到你的。"

"我知道,"玛莎说,"他已经开始追踪我了。但从另一个角度来看,如果连法师本人都视我为眼中钉,那么我说的话一定很重要。"

当她去和阿丽莎告别的时候,她发现阿丽莎正在热情地对一群孩子讲述着玛莎的故事。玛莎不想打断,就站在一旁静静地等

---

1. 伦敦西北地区。

着阿丽莎讲完。

她的反击已经开始了。

离别的时候,玛莎拥抱了阿丽莎。

"这些人会照顾你的。"她说。

"你还想要回耳环吗?"阿丽莎问。

"替我保管它们吧,我还会回来的。"

阿丽莎点了点头,"好的,但是作为交换,你也必须带上这个。"她朝玛莎伸出手来,掌心躺着什么东西。玛莎低头一看,那是一枚塑料徽章,上面写着"太棒了!我满九岁了!"。

"我一定会好好珍藏。"玛莎说着,背起了书包,"对了,阿丽莎——"

"怎么了,玛莎?"

"谢谢你。"

"为什么要谢我?"

玛莎微笑道:"原因不重要。我只是想谢谢你而已。"

她转过身,向着营地入口走去。开始下雨了。

"玛莎,"阿丽莎在她背后喊道,"你要去哪里?"

"哪里都去。"玛莎说。

第五章

夜色里，里尔城[1]的废墟宛若苍白的鬼魂。这座城已经完全被隔离了，残垣断壁之下仍有熊熊火焰。自从第零日人脸金属球降临地球，这团火焰已经燃烧了整整七个星期。

在守望者的指引下，联合镇压军的布鲁诺长官带领快速反应部队穿过劳改营，上了一条径直通向工业废土瑟科特的损毁高速路。他们远远地避开了辐射井和铁丝网篱笆。

向南望，远在瑟科特之外，幽灵般的里尔城在夜空之下显得犹如缥缈的鬼火。

布鲁诺率领着一支小规模车队，现在所有的卡车和装甲运输车都一起停下了。他们的指挥控制数据网络名为"守望者"，通过大天使卫星运行，负责部署部队行动。当下，守望者正引领他们前往瑟科特，有情报怀疑那里正在举行闪电集市。

他们刚刚收到的指令是原地待命。

---

1. 法国北部城市，是法国第五大城。

布鲁诺急着继续执行任务，便向系统申请更加具体的指示。等待的过程中，他焦虑地用手指叩击着控制面板。笃笃笃笃！笃笃笃笃！

网络系统叮地响了一声。

"原地待命，等候人员集结。"守望者弹出的消息框里这样说。

五分钟后，一辆从南方来的小卡车在车队旁边停了下来。车里的男人全副武装，却没人穿着联合镇压军的制服。他们看上去很是寒酸，身上的衣服又脏又破，补给装备也是陈旧的。

布鲁诺对他们没什么好感。他检查了一下自己的配枪，然后从装甲车上跳了下去，迎接这些不速之客。

"你们来做什么？"他问。

那批人的首领是个刀疤脸的魁梧男人。

"你接到原地待命的指令了吧？"男人的法语里夹着英国口音。

"接到了。请你出示身份证明。"

男人拿出放着身份证明的卡包晃了一晃，"联合镇压军长官格里芬。特殊任务。"

"为什么你没穿制服？"布鲁诺问。

"特殊任务啊。"格里芬说。

"真是浪费时间，"布鲁诺说。他指了指瑟科特的方向，

"现在那里正在举行闪电集市。那些人昨天截获了一辆补给装甲车,正在分赃呢。我们应该马上到那里去,打断集会,逮捕异端,而不是——"

"你见过这个女人吗?"格里芬打断了他,举起一张照片。

"没有。我应该见过这个女人吗?"

"至少你听说过她的名字,"格里芬说,"她就是玛莎·琼斯。"

布鲁诺挑了挑眉毛,"玛莎·琼斯?我听过一些她的故事。在那些闹事的人里,她好像是个领头的,对吧?"

"我已经追踪着她横跨了整个英国。八天之前,她乘坐一艘集装箱运输船潜入了法国,还曾在海岸边的两个拘留营里现身。我有准确的目击报告。她之前还取道康布雷[1],绕行向南,但现在我觉得她又开始往回走了,要再次跨越国境线进入比利时。"

"那我要做什么?"布鲁诺问。

"在我下达指令之前,你要按兵不动。"

"为什么?"

"因为像闪电集市那样的地方,一定不会少了她。她正在积极地和生还者们取得联系。我需要这个集市持续得再久一些。如果你强行中断集市,就等于中断了我找人的线索。"

---

1. 法国东北部城镇。

布鲁诺耸了耸肩,"你有权限吗?"

"有。"格里芬说着,对布鲁诺举起了手里的电话,"如果不相信的话,你可以和这个人确认一下。"

他们选择在一间老旧仓库里举行闪电集市。那里距离瑟科特南边的集装箱堆场不远,位置便利,出入方便,又很难被封锁包围。

闪电集市的精髓全在"闪电"二字上——速度最关键。发出通知之后,运营者需要迅速在场地里设置集市,直接打开运货卡车后备厢分发物资,先到先得。当所有物资都发放完毕之后,大家就径直消失在黑夜之中。一切来去如风,在外人眼里,集市就好像从没存在过一样。

至少,闪电集市在理论上是安全的。马修·维维尔也听说过不少被军队当场抓包的例子,比如一周之前,当闪电集市在圣·奥默尔[1]的某个体育场悄悄进行时,军队冲了进来,足足射杀了二十个人。

然而,这却是值得冒险的。生还者们只有通过这种方式才能获得食物、药品和其他关键的物资。而且,从装甲车上截获的物资由于数量太大,根本无法被安全地储存起来,只有将物资化整

---

1. 法国里尔城西北部的小镇。

为零,在人们手中流动起来,才能发挥作用。在第零日之后,想要存活下来,就必须保证速度、移动性和隐蔽性。

市场里一片熙熙攘攘。来自乡野各地的人们都汇聚在这里。点燃的油桶将明亮的火光投向四方,人们借着光线,在卡车的车厢和独轮车的车斗里翻翻拣拣——今夜的物资大多是衣物和罐头食品。

马修守在门口,他的大衣兜里揣着一只体育赛事用的哨子。他们在外面安排了站岗的人手,屋顶和往来的路旁也有人在放哨。只要看到联合镇压军或是人脸金属球的踪迹,他们就会迅速关闭集市,四下散开。

马修穿过人群,和熟人打招呼,对脸生的人则一律点头致意。这次来了不少新人,令他有些警惕。

"在找什么东西吗?"他问一个陌生人。

"寻常的那些东西,"男人回答道,"食物。"

"你是英国人吧?"马修问。

男人笑了起来,"我的口音有那么重吗?"

"你离家乡可不近呢。"马修说。

"灾难发生的时候我正在这里度假。"男人说,"看来我是回不去家了。不过,这世上还有哪里能被称为家呢?"

马修摇了摇头。

"对了,"男人说,"其实我也在找一个人。"

"嗯?"

男人从大衣兜里掏出一张皱巴巴的照片,"我的女朋友。我俩是一起来度假的,后来却被冲散了。我真的很想和她团聚。"

"她叫什么名字?"马修看了看照片。

"玛莎,"男人说,"我现在只想赶紧找到她。我很担心她的安危。"

"真希望我可以帮到你,"马修说,"但是我绝对没有见过她——如果我曾经见过她的脸,一定会记得的。"

"不管怎样,还是谢谢你了。"

"我去打听打听,"马修说,"可能有人会知道她在哪儿。"

男人走了。马修观察了他一会儿,然后也转身离开。他走了一会儿,便在一个油桶火堆边停下了脚步,想暖一暖手。

"可笑的家伙。"他身边,一个声音静静地说。

马修环顾四周,可是他没有看到任何人。

不,确实是有人的。有个女孩就站在他身边,他用余光可以勉强瞄到她。

"别看我,看着他。"她说,"和其他生还者比起来,他显得有点营养过剩了,你不觉得吗?"

马修紧紧盯着攒动的人群。那位陌生的英国人也混在其中,此时他正在给另外的人展示那张照片。英国人看上去非常魁梧强壮,一点都不像挨过饿的样子。

"你想说什么?"马修问。

"我想说的是,联合镇压军的军官可不会缺衣少粮。我想说的是,集市必须马上关闭,大家都要撤退,因为危险就在眼前。"

马修猛然转身,凝视着她。即便他面对着她,也无法真正将她看清。但仅仅是一个瞬间,他就认出来,她正是照片里的那个女孩。

"你叫什么名字?"她问。

"马修。"

"马修,你必须相信我。"她说,"否则的话,就会有人因此而丧命。"

马修又看了看那个陌生的英国人。他也正转过身来,眼睛直勾勾地盯着马修看,嘴角弯起一个小小的弧度,连他脸颊上的巨大伤疤都随之扭曲起来。

"我叫玛莎,"女孩又说,"你必须相信我。"

格里芬转过身。刚刚和他对话的青年正站在油桶边,目不转睛地看着他。火光将青年的影子拉长,投在他背后的茫茫混沌中,可是那个影子坚实不动,并没有随着摇曳的光线而一起明灭闪烁。

那根本不是影子!他看见她了!她就站在浓浓的黑暗之中。他看见她了。

他猛地冲向她,从人潮里挤了过去,不断撞开挡在前面的人。

他的手探入大衣，摸到了格洛克手枪。

然而，站在油桶边的男人已经抽出了哨子，大声发出警报。

市场顿时陷入一片混乱。其他的哨子声也响了起来，此起彼伏，将警报传遍了每个角落。人们都在叫喊，跌跌撞撞地冲向出口。引擎发动了，沉寂的卡车在隆隆声中重新苏醒，尾气的灰烟冉冉升起。恐慌笼罩了整个市集。

"都滚开！"格里芬大吼。他依然被裹挟在四下窜逃的人群中脱不开身，但他却瞥见了她。她正跟在那个拿着哨子的男人身后逃跑。

格里芬举起格洛克手枪，对着房顶连放两枪。空弹壳叮叮当当地落在地上。他身旁受惊的人群顿时散得干干净净，所有人都想尽量离他远一些。他重新开始奔跑起来，但还没跑出几步，一辆猛然倒车出来的平板车就拦在了他面前，差点把他撞翻在地。

他绕过平板车继续追逐，嘴里咒骂着，偶尔与朝相反方向逃命的人撞个满怀。他把她跟丢了。她在哪里？

仓库外面响起了密集的开火声。仓库里的恐慌顿时达到了巅峰，人们开始尖叫起来。一只油桶倒下了，火星和煤渣四溅开来，两辆卡车在争着冲向同一个出口的时候，撞在了一起。

格里芬边跑边掏出无线电大吼："包围集市！封锁区域！她就在这里！再重复一遍，她就在这里！"

第六章

玛莎和马修一起随着人流奔跑。外面传来炮火的声音,仿佛有一整支军队正在袭击这间仓库。

"你有车吗?"她对他喊道。

"有,有!快来!"

一旦在集市遭遇突然袭击,人人都要先管好自己。有己无人——规矩就是这样。赶紧跑掉,然后彻底消失。先保证自己的安全,再去操心别人。如果你在逃跑途中停下来救助别人,就是在放弃自救的机会。

但这个名叫玛莎的女孩不一样,她带来的警告挽救了许多人的性命。这里大多数人都是因为她才活下来的。她提前通报了联合镇压军的袭击,甚至在军队现身之前,就已经让他们开始撤退。

所以,他绝不能丢下她。

马修有一辆老旧的雪铁龙面包车,就停在仓库西门外。他们冲过去,马修一坐上车就启动了发动机,玛莎则钻进了副驾驶位。

"我们快走！"玛莎喊道。

"我知道！我知道！"马修回答道。他拼命摸索、挂挡。

一阵闷响传来，听上去就像有人在用手指不停地弹着硬纸板。玛莎透过侧面的后视镜望去，发现那个魁梧的刀疤脸军官正在奔跑着逼近他们，手里的枪不断开火。子弹打碎了玛莎一侧的车灯，她尖叫一声，瑟缩起来。又一颗子弹袭来，把仪表盘打得凹了进去。

马修猛踩一脚油门，面包车向前疾冲而去。轮胎上冒出了青烟。他们对准西门冲了过去，一路上撞翻了一桶桶水果罐头。玛莎依然能在后视镜里看到那位追赶者。他非常强健，迈开长腿全力追逐的时候，面包车即使加速也甩不掉他。他再次扣下了格洛克手枪的扳机，子弹纷纷打进了面包车的后门板。

"他就在我们后面！"玛莎大叫。

"我知道，"马修说，"抓稳了！"

旧面包车的侧灯已经损毁很久了，当马修踩下刹车的时候，那两盏本该随之亮起的刹车红灯根本没有反应。在格里芬依然靠着惯性大步向前冲的时候，他突然意识到面包车猛地停了下来。但是已经来不及了，他一头撞上面包车的后门板，力度之大把他整个人都弹了出去，狠狠地摔在地上，一时懵住了。

马修再度踩下油门，汽车加速，一路冲出西门，没入夜色之中。

在他们身后，格里芬挣扎着起身，抓起了无线电。

卡车和汽车纷纷从仓库里冲出来，向四面八方逃窜。马修和玛莎冒着没有车灯的危险，以最快的速度驱车向前——只能两害相权取其轻了。

总有人逃不掉的。联合镇压军已经冲进仓库，挡住了几条南行的路。夜色被密集的炮火撕得粉碎。

马修猛打一把方向盘，避过一辆比他们更慢的运货卡车，然后从大路彻底拐了出去。玛莎紧紧抓着扶手。他们颠簸着冲过一个老旧的游乐场，从一扇洞开的大门闯了出去，紧接着拐入一条被夹在废弃厂房和一片荒原之间的便道。

"小心！"玛莎喊道。

一辆联合镇压军的卡车正朝着他们撞来，车灯亮得刺眼。有人在开火。马修试图急转弯，但是一只轮胎突然爆了，车身猛地滑向一侧。它撞破了一道铁链篱笆，几乎弹飞起来，然后打着滚儿从路堤上摔下去，落入荒原。

"找到什么了吗？"格里芬问。

拉菲尔蒂挣扎着爬出彻底损毁的面包车，翻身跳上路堤。整片荒原都被军车车灯映得雪亮。

"什么都没有。"拉菲尔蒂说，"但车厢里有血迹，有人受伤了。"

"他们不可能走远的。"格里芬说着,转身看向布鲁诺长官,"封锁整个区域,把所有人手都调到这里来。离太阳升起还有两个小时。这次她绝对跑不掉了。"

"别动。"玛莎说。

"你别管了。"马修说。

"你脸上扎了挡风玻璃碎片,"她说,"所以你最好别动。"

"我们也有知道怎么治伤的人。"在一旁看着他们的女人说。她的名字叫西尔维。

"我就是医生。"玛莎说。

这座生还者营地位于瑟科特往西五英里开外的地方,马修带着她,在第一缕曙光出现的时候终于到达了目的地。营地的上层是一间了无人迹的荒废工厂,只有通过那些被巧妙掩藏起来的门才能到达宽阔的地下室。这里有水源、补给、可用的厕所;生还者们甚至还自己安装了一套管道通风系统,能够在不暴露营地的情况下疏散做饭的炊烟。足足有五十多人住在这里。

"我们很多人的祖父母都参加过二战,"马修说,"于是关于战争的故事就一代代传了下来。不仅是故事,还有方法和技巧。"

"我也有自己的故事。"玛莎说。

"不如从最简单的说起好了。"一个叫作伊夫斯的男人说,

"你是谁?"

"她是个通缉犯。"一个叫作丽瑟尔的女人说,"联合镇压军正在追捕她。马修根本不该带她到这里来。"

"我不能把她扔在外面。"马修说。玛莎手中的镊子又从他脸颊的伤口里挑出一块碎玻璃,他痛得皱了皱眉,"而且,她带来的警告救了许多人的性命,要不然我们只能任人鱼肉。"

"情况已经够糟了,"伊夫斯说,"死了几十个人,还有更多的人被捕。整片地区都被封锁了,到处都是巡逻兵。我们需要在地下躲好几个星期,不能觅食,不能寻找新的补给。食物很快就会短缺的。"

"而且前提条件还是在假设他们找不到这里。"丽瑟尔说。

玛莎听得出他们声音里的绝望。每个人的脸上都写满了恐惧,眼神空洞,尤其是年轻人和孩子。她不禁想起了阿丽莎。

"听我说,"她说,"听我说……"

喘息之机

史蒂夫·洛克利&保罗·路易斯

每当玛莎走出塔迪斯,她总会感到一阵激动。有博士在身边,一切皆有可能。他们的上一站是度假星球纳科,那里有大片的沙滩,双子太阳把清澈蔚蓝的水照得暖洋洋的,简直美不可言。

但是,再美也没有地球这样美。她凝视着下方,心里想。

博士说了一句话。尽管他就站在她身边,她却一个字都没听进去。椭圆形的窗户沿着房间弯曲的墙壁延长,那个发光的球体就在窗外,令她只能目不转睛地看着。她曾在旅途中见过许多奇景,却没有任何一个地方像家园一样美丽。

"我刚刚说,"一个声音在耳畔响起,"眼睛瞪着嘴巴张着,你打算那副样子站一天吗?你得知道,我们的假期已经结束了。"

玛莎叹了口气,又想起了纳科平静安逸的生活。那里的酒店服务生都英俊极了,对她极为周到。要不是博士连五分钟的时间都闲不住,她可能现在还留在那儿呢。

"我还以为你知道怎么哄女孩子开心。"

"我现在就在哄你开心啊。"博士映在玻璃窗里的倒影对她笑了,"来嘛,手头还有没解开的谜题,谁乐意躺在沙滩上虚度光阴?塔迪斯拦截下的那些传送信号,那首鲸歌——还记得吗?"

玛莎猛地被拉回了现实,想起了他们此刻正身处何方:他们正站在一座宇宙空间站里,空间站无比巨大,到处都是诡异废弃的长长楼道,仿佛在无穷无尽地向前延伸。他们所处的房间又大又圆,令她想起那些美国宇航局指挥中心的旧照片。一排排工作站蜿蜒着从一个中心向外扩散,每个工作站前都坐着不同的男女,正聚精会神地盯着显示器看。

玛莎总感觉警卫们下一刻就要出现了。然而并没有人关注她和博士,他们几乎是彻底隐形的。

如果她知道塔迪斯为什么把他们带到这里就好了。它在空间站深处的某个仓库里现了形。显然他们的任务与那些奇怪的信号有很大关系,在她耳中,那些信号听上去就宛若一曲鲸歌。或许信号来自于她眼前那架庞大的飞船。她目力所及之处足有几百艘飞船,极其缓慢地自星球上方划过,慢到看上去几乎像是一动不动。

"那些飞船是人类的,还是外星人的?"

"你们人类在2088年的时候,还没造出那么大的飞船。"博士眯起眼睛打量着它们,"而且,它们也不是飞船。"

"那是什么?"

"不知道。"

"我还以为你无所不知。"

玛莎再度望向窗外,却看到一个长着天线的小金属球蓦地向她冲了过来。她不禁瑟缩了一下,下意识地后退了一步,以为金属球会直接撞破玻璃。当它在最后一刻突然转向消失的时候,玛莎如释重负地松了口气,"那是什么东西?"

"哦,只是一个监控探测仪。"

玛莎吓了一跳。回答她的人并不是博士。她猛地回过头。

一位看上去十分和蔼的老人正在对她微笑,他戴着厚厚的眼镜,发际线已经开始后移。他的笑容顿了一下:"抱歉,我们之前好像没见过。你应该是新来的吧。我是康拉德·莫里斯——"

"莫里斯教授!"博士抓住了老人的手臂,"我太崇拜您的作品了!玛莎,正是这位天才重写了生物工程学的规则手册,然后把手册全都撕了,又写了一本新的!"

"哦,别乱说!"莫里斯反驳道,但他的表情看上去却是欣喜的。

"我是约翰·史密斯,"博士说,他把通灵纸片对着莫里斯晃了晃,"这是我的搭档,玛莎·琼斯医生。抱歉我们迟到了——免税店的诱惑真是难以抵挡啊。"

莫里斯还没来得及和玛莎讲话,博士就把他从窗前拐走了,

"我刚刚说到哪儿了?对了,空中那些大家伙,还有那些信号——不用我再多说什么了,对吧?"

"不用了。你也明白,我们还有许多数据需要分析,但是初步结果的前景已经很不错了。甚至,这些结果比我们能想象到的还更好——这样一来,就能看出善人们没有夸大其词了。"

玛莎迷惑道:"出什么事了?善人是谁?"

"莫非你过去一个月都躲在地下隐居吗?"莫里斯问道,不过语气里并没有一丝恶意。

"确实如此,"博士说,"她确实躲在地下深处,研究一个关于钟乳石的新理论。钟乳石还是石笋?哪一种是头朝下长的?啊,不管了,反正都差不多!你刚刚不是要和玛莎解释一下善人的事情吗?"

教授继续前行,博士走在他身边。玛莎也追了上去,和他们并排走,决心不被落在后面。

"看起来,善人们就是专门来拯救人类的。"莫里斯侃侃而谈,"起初,这件事听上去好得令人难以置信,许多人都在质疑他们的动机。但是,从初步结果来看,质疑的人恐怕都错了。"

玛莎摇了摇头,依旧十分困惑,"你可以从头开始讲吗?别忘了,我……隐居了很久。"

"我想知道那些善人都是谁,"博士说,"我的意思是,你不觉得有点太巧了吗?他们起名叫'善人',又恰恰是救世济民的大好人?简直就像坏人起名叫'大坏蛋'一样巧。"

莫里斯耸了耸肩,"大概他们的语言直译过来之后就是这样吧。"

"所以,那些巨大的浮空物,"玛莎说,"它们就是善人吗?"

"远远不止。真正的善人还在几千光年以外的地方。他们一族非常孤高。你所看到的只是他们送给我们的礼物而已。"

"我还是不明白。"

"等我们抵达中央分析室就好,"教授对玛莎说,"我会为你们重播那个电视广播。这样事情就会比较清晰易懂一些。"

"电视广播吗?"博士咧嘴笑了,"太好了!我好久都没看过电视了。"

一条走廊从无数显示器中穿过,莫里斯带着他们走向尽头,最终抵达了中心区——一个巨大的椭圆形桌子,上面满是器材装备。十几个穿着白大褂的人围站在桌边,抬头望着悬在头顶的一块块屏幕。玛莎心想,他们一定是这里比较重要的那批科学家。

屏幕上不断浮现一行行数据,虽然她看不懂,但那些东西显然在科学家们的眼中饱含深意。他们一边研究数据,一边用触控笔在手持式平板电脑上飞快地记笔记。其中一人离开了,到一侧去悄悄跟一位键盘操作员说了两句。除此之外,没有一个人发声。没有什么友善的交流,没有笑声,也没有茶歇。空气中弥漫着紧张的气氛。

"这里没什么办公室玩笑可言吧?"她轻声问。

莫里斯皱了皱眉,"琼斯医生,在全世界的未来命悬一线的时候,玩笑是没有容身之处的。这里的每个人都有家人和朋友留在地球上。那些都是他们在乎的人。"

"对不起,我不是那个意思……"

"不,不,我明白你不是那个意思。"教授对她笑了笑,以此来表示他并没有被她说的话所冒犯,"但你必须了解,我们这里就是前线。不管善人们是对的,还是——上天保佑——他们犯了大错、导致地球毁灭,不论结果如何,我们都是第一批知道的人。这是非常沉重的责任。"

"真有趣,"博士说,"我不知道那些善人到底是谁、想做什么,但我已经开始不喜欢他们了。他们救不救这个星球都行,但是千万别打哑谜让人猜来猜去。我最讨厌猜来猜去了。"

一个一直站在中心区旁边、脸上写满严肃的男人走到他们身边。他穿着一套深色西服,不断拨弄着手上那块颇为招摇的腕表。

"你好!"博士爽朗地问候道,"你是谁?"

"丹尼尔·格兰特,"男人回答道,他依然面如严霜,"警卫统领。"

博士又晃了晃通灵纸片,将他自己和玛莎都做了介绍。

"我早该猜到你们那群人会派人到这里来的,"格兰特冷嘲道,他的目光扫过博士,打量着博士乱糟糟的头发和那件与运动鞋极不相称的条纹西装,"你看上去可不像个科学家。"

"史密斯博士有点古怪,但他绝对是个天才。"玛莎说。

"又古怪又天才,说得没错!"博士自豪道,"好了,我记得莫里斯教授本来是要为我们重播一遍善人们的电视广播的。"

"为什么?"格兰特毫不掩饰自己的怀疑,"那个东西,难道不是每个地球人早就看过一百遍了吗?"

"那就再看第一百〇一遍吧,"博士说,他戴上了眼镜,一脸期待地望着屏幕,"你永远不知道你是不是看漏了什么重要的细节。"

格兰特盯着他,"行,随你便,但我觉得你只是在浪费时间罢了。"

莫里斯教授走到最近的工作台,小声对操作员说了两句话。

"很快就好。"他又回到了他们身边,"我永远不会忘记我第一次看到电视广播时的心情。我心里充满了希望。"

"为什么?"玛莎问。

"因为地球正在死去!就是因为这个!大气污染和全球变暖都即将抵达临界点。全世界所有的政府都想要把事情压下去,因为他们不想造成大规模恐慌。但所有人都看得到地球死去的证据——冰盖在融化,到处都是洪水,空气里满是刺鼻的毒气,有些时候甚至连呼吸都会令人感到疼痛。"

玛莎几乎无法相信他说的话。自从她有记忆起，所有人就都在讨论全球变暖，但是她却从来没有多想过。她一直以为那是要到未来才用操心的事情。可是现在，看上去，那个未来已经到达了。

"所以，当善人们联系我们的时候，"教授继续说道，眼神辽远，"感觉就像我们的祈祷终于得到了回应。不过当然，这件事你们早就知道了。"

"当然知道了，"博士说，"但我还是喜欢听好故事。继续说——接下来怎样了？"

屏幕上出现了静电干扰，顿时打断了数据流。玛莎看到屏幕上出现的生物时，震惊得彻底麻木了。

"地球人们，"它说，它的声音听上去就像是某种流动的液体，好比有人在一边讲话一边漱口，"我们感受得到你们的星球正在受苦受难。我们感受得到你们的痛苦与恐惧。但是请不要害怕。我们会帮助你们的。"

玛莎几乎没听进一个字，她的注意力全都集中在外星人的身上。它的脑袋长得不可思议，就像是气球一样，临近头顶的地方有一对小眼睛，另一端则有一个小裂口充当嘴巴。它没有耳朵也没有鼻子，皮肤是面团般的颜色。当它说话的时候，头还会轻轻战抖，好像里面没有充满气似的。如果那就是它的脑袋，玛莎恐惧地想,她可真庆幸她看不见它的身子。

"不。"她听见有人倒抽了一口气。有一刻她还以为声音是从扩音器里传来的,然后她才发现刚刚说话的是博士,而不是外星人。博士脸上的笑意荡然无存,他盯着屏幕上那只荒诞的生物,表情介于愤怒和憎恨之间。

"我们的技术可以洗净你们的大气层,去除那些有毒的气体,让星球重获喘息之机。"

"不!"博士又重复了一遍,他的声音那么大,所有人都一起望向他,"你必须阻止它们。不阻止的话,所有人都要死。"

"你在说什么?"莫里斯质疑道。

"我们不求任何回报。"

"它说的任何一个字都别信,"博士对着屏幕晃了晃手指,"我曾经见过这些生物。相信我,它们可一点都不善良!"

格兰特又发出一声讥讽:"它们第一次联系地球,你却告诉我们你已经见过它们了。真棒,博士——大概你还会说它们的语言吧?"

"它们的语言即是毁灭。"博士说。他聚精会神地盯着格兰特,那一刻玛莎蓦然想起,在博士那有些书呆子气的人类外壳之下,是一个曾见过万千人类完全难以想象之事的外星人,"它们是辛奈拉里亚族人。它们靠阴谋诡计占领星球,抹杀掉全部生命,榨干每一滴资源,直到星球上除了灰烬和死亡的气息之外一无所有。"

格兰特冷笑,"当它们联系我们,主动提供帮助,派来那些我们甚至无法理解的高级生物支援我们的时候,在你眼中就只是阴谋诡计吗?它们派来的生物可以过滤大气层,收集温室气体,然后丢弃到宇宙深处。如果它们想要占领地球的话,博士,为什么不直接攻击呢?它们既然那么高等,我们根本没有胜算啊。"

"它们的运作方式不一样。辛奈拉里亚族人不像你们那样喜欢搞一些噼里啪啦炸个干净的东西。它们生活在气体星球上,用可燃武器不太方便。所以,它们就想出了一些更有创意的点子。"博士指着窗外,"比如外面那些玩意儿。它们终将毁灭地球。"

莫里斯教授似乎完全没有注意到格兰特和博士之间剑拔弩张的气氛,只是热切地点了点头,"我们管它们叫作巨鲸。"

"因为它们会唱歌。"玛莎说。当然,她早就知道他们在塔迪斯里听见的信号并不是真正的鲸歌,但这些舒缓的、几乎像是悼歌一般的信号,令她不禁想起那些巨大又优雅的哺乳动物在深海之中庄严地畅游来去。

只不过,鲸鱼确实是善良的,玛莎提醒她自己。如果博士的话是真的,那些徘徊在世界上空——**她的**世界上空——靠着嘶嘶吸气而活的生物,就是善良的反义词。而她从未怀疑博士说过的任何事情。

"你们就没人怀疑过这种白捡的便宜吗？"博士质问道，他的声音盖过了气球脑袋生物那液体般的说话声，"一群外星人突然出现，主动示好，要在人类摧毁了地球之后，负责把一切恢复原状？别人送你们一匹马——送你们一团乌七八糟的玩意儿——你们就真的安心收下、毫不挑剔，连检查一下牙口都免了？你们到底有多天真啊？"

"够了！"格兰特生硬地打断了他。

"它们会毁灭你们的星球！"

"都是你的一面之词。有本事拿出证据啊。"

博士无奈地做了个鬼脸，"啊，是这样的，我暂时没法证明。没办法以现有的方式证明。但是，假如给我足够的时间，我一定可以拿出证据的。"

"我们没有时间。"格兰特向他的腕表投去一个犀利的眼神，"如果你继续打扰我们的工作，我就要请你出去了。"

"你有种就试试。"玛莎话音刚落，就赶紧捂住了自己的嘴。她本来没想说出口的，可是不知怎么那句话就溜出来了。

"很好。"格兰特说。他按下了腕表上的某个按钮。紧接着，他身后的墙上打开了一扇金属大门，七八个警卫冲进了屋里。玛莎记得格兰特从开始就一直在摆弄那只腕表。这么说，警卫大概早就等在外面了，他们的老大自打见到她和博士的第一面起，就已经通知手下待命。

警卫统领的笑容像深空一样寒冷，"我的同事会带你们去休息室。或许你们需要休息休息，才能冷静一点。"

博士连连退了几步，"别动粗。好啦，我承认我们的打开方式不太对。现在大家能不能一起坐下来喝杯茶、聊聊闲天，再从头开始一次？"

"博士，你最好乖乖听从他的指示。"莫里斯说。

玛莎的目光从格兰特和他的手下转向博士。她注意到博士正在后退，离他们越来越远。她朝着博士的方向挪了挪，因为她知道，一旦有危机爆发，最安全的地方就是博士的身边。

"知道吗？我觉得你说得特别对。"博士回答道，"可是有一个小问题——我这个人可不是很擅长听从指挥。"

话音刚落，他就举起一只手，手里握着音速起子。起子的尖端闪烁着蓝光，然后猛然间混乱就爆发了。在几秒之内，屋里的柔光全都变成了刺眼的红光，足以刺破耳膜的警铃声充斥着房间，玛莎不禁捂住了自己的耳朵。她能看见格兰特在吼叫着下达命令，但她却一个字都听不清楚。

博士抓住她的手，一把将她拖走，"跑啊！"

这句话不用博士再说第二遍了。他们沿着来时的走廊跑了回去，穿梭在工作台之间，向着几分钟前博士带她穿过的双扇大门不顾一切地奔去。玛莎惊恐地看到，门扉正在一点点合上。

"快跑！快跑！"

她觉得自己可能没法跑更快了，但一想到被困于此的可能性和背后追赶的格兰特小队，她就蓦地生出了一股新的力量。他们狂奔着冲过最后的几米路程，恰好来得及从门缝间挤过去。两扇门扉在他们身后砰一声合上了。

如果门的另一边也有警卫，那么玛莎和博士就会直接和他们撞个满怀。幸好，门口的楼道里空无一人。玛莎靠在墙上剧烈地喘息着，心脏疯狂地跳动。她真嫉妒博士——即便他已经活了九百多年，却丝毫没有上气不接下气的样子。

他用音速起子照了照门侧的小键盘。一串火光迸溅出来，楼道里满是烧焦的气味。他不断地用手扇着面前的空气，想把烟味扇走，"抱歉！冒烟了——糟糕的小习惯。玛莎，你怎么样？你看上去有点憔悴。"

"我很好。"她说。她的腿一直在战抖，几乎令她站都站不起来了，但她可不想对他坦白，因为以他那份怪异的幽默感一定会拿她打趣。"你刚刚做了什么？"

"我引发了火警，是不是很棒？天花板上有探测器，一旦有东西引发火警，门就会自动关上，我看电影里都是那么演的。不过，我们可没时间在这里聊闲天了。你还认得回塔迪斯的路吗？"

玛莎只记得那些无穷无尽的走廊，头顶的条形灯投下冷冷的白光，还有升降电梯，有那么多最终将他们引向这里的错综复杂的转角。所有的东西在她脑海中变得一片模糊。

"不认得了。"她摇了摇头,"对不起。"

博士龇了龇牙,"别啊!我必须马上回到塔迪斯身边,需要你去引开格兰特的手下。"

"你需要我做什么?"

"尽可能长时间地保持移动。而且,你只能留在这一层楼——这样你就不会不小心把他们引到塔迪斯旁边了。他们不久之后就会打开这扇门,你为我争取到的时间越多,我就能越早搞定这一团糟。"

"情况有多糟糕?"

博士严肃地望着她,"世界毁灭等级的糟糕。"

"好,那么你也该开始动手了,史密斯博士。"

"我会的,琼斯医生。试着别惹麻烦。"他说完这句话,就冲向走廊尽头最近的电梯。

玛莎知道,她必须在这里等一会儿,故意先让格兰特和他的手下看见自己,才能达到把他们从塔迪斯旁边引开的目的。不过她至少不需要等得太久。博士迈入电梯的一刹那,她背后的两扇门扉就发出了嗞嗞的声音,渐渐打开了。

"开始了。"她呻吟了一声,然后拔腿就跑。

"停下!"她听见格兰特在背后大喊。几秒钟后,她身后的楼道就传来震耳欲聋的脚步声。

跑到第一个十字交叉口时,她选择了左转,到了第二个十字交叉口时又换成右转。玛莎逼着自己把精力都集中在奔跑上，而不去分神多想倘若格兰特最终抓到她，会对她怎么样。

很快，她的呼吸就越来越急促了。胸腔里仿佛着了火，她只能尽力逼着自己忽略侧腰的剧烈刺痛。她想，如果现在能确认博士已经安全抵达塔迪斯，她就不用再那么操心如何引开身后的追兵了。

"你给我立刻停下！"

身后传来的吼声只能让她跑得更快。玛莎咬紧牙关忍着疼痛，沿着走廊狂奔，走廊的墙壁在她的视线里变得一团模糊。她听见背后追赶的脚步声已经越来越近了。又是一个十字交叉口。她猛地转向左边，动作快到不小心把手肘撞在了墙上，她痛呼了一声。

前方有一架电梯，门是大敞开的。博士确实曾对她说过要她留在这层楼，说得容易——他又不是那个被一群暴徒追在屁股后面跑的人。玛莎确信他们之前是向上乘坐电梯来到这层楼的，所以只要她不往下面的楼层走，就不会把追兵引到塔迪斯那里。

她跟跟跄跄地冲进了电梯，从显示屏看到电梯现在正位于第十三层。是个坏兆头啊，她一边想，一边随意按下二十五层的按钮。背后的吼声令她回了头。格兰特正领着一群警卫冲向她。他们距离她只有几米了。

"快点！"玛莎对着电梯门喊道。

"你看上去很着急啊,"格兰特嘲讽道,"急着去哪儿?"

"是啊。"电梯门合上的一瞬,玛莎说道,"急着上楼。"

电梯门完全关闭之前,她看到的最后一样东西就是格兰特,他正拼尽全力冲向他,怒火使他面目扭曲。一秒后,她听见拳头砸在金属上的声音。

随着电梯逐渐上升,玛莎的心情也变得越来越轻快。她打败了格兰特。当然,他肯定还会在二十五楼继续对她围追堵截,但她已经为博士赢得了足够的时间,等格兰特抓到她的时候,博士的事情一定已经办完了。

好人组得一分,玛莎笑着心想。

电梯猛地停了下来,玛莎没站稳,差点摔了一个跟头。紧接着,它便开始缓缓下降。玛莎脸上的笑容和她内心燃起的希望一起,都在这一刻消失了。

"不要!"她按遍了所有的按钮,却还是无济于事。

格兰特一定拥有电梯的高级控制权。那好吧,她起码还可以客观判断眼下的形势。至少她逼着他跑了不少冤枉路,现在这场追跑游戏结束了。

既然逃跑是不可能的,玛莎便决定要冷静处事。当电梯门打开时,她正靠在墙上,抱着手臂,歪着头,"想来跟我一起玩儿?"

格兰特暴跳如雷,"咱们两个要好好谈一谈。我现在就要弄清楚,你跟那个博士究竟是来干什么的。"

在他得以伸手进来抓住她之前,她主动站直身子,像是闲庭信步一样走出了电梯,"那好啊,来吧。我可没那么多时间浪费。"

警卫们迷惑地望着格兰特。

"我把她带回中心控制室!"他怒道,无疑是在生气这些下属竟敢质疑他的威信,"你们去找她的那位朋友。"

玛莎只能暗中祈祷,她为博士赢得了足够多的时间。

"吃敬酒还是吃罚酒,你自己选吧!"警卫们离开之后,格兰特厉声说道。

"你可真有创意。替你着想,我们还是吃敬酒吧。"玛莎转过身,开始沿着走廊前进,再不回头瞥一眼。格兰特骂了一句,追上去跟在她身后。至少他没有再抓住她,也没有想要通过控制她来重建自己的威信。更好的是,他一直都在安安静静地走路。只有在他发现玛莎明显迷路了之后,才主动走上前去带路。这倒不是说他在故意冒险,玛莎知道,如果她胆敢再跑,他不费吹灰之力就能抓到她。

控制中心的气氛彻底变了。当她走进门的时候,所有人都一起望向她,他们的眼神里除了怀疑就是敌意。即便是莫里斯教授都在对她怒目而视。他向他们走来,冲玛莎晃了晃手指。

"到底出了什么事?史密斯博士在哪里?"

玛莎耸了耸肩,她知道自己只要保持沉默,就能继续帮上博士的忙。

"我派人去找他了,"格兰特说,"他又不能躲一辈子。"

"我不理解,"莫里斯说,"我们正在想拯救世界。你们究竟要做什么?这么胡来……"

玛莎的眼神掠过他,落在那些悬在头顶的大屏幕上。

博士也在回望着她。

"你们好。"他快活地说,对下面的人挥了挥手。

"搞什么鬼?"在格兰特意识到博士已经入侵占领了房间的每一块屏幕时,他满脸都是怒容。玛莎看到屏幕的背景里正是塔迪斯的控制台,暗自松了一口气。她本来还在担心格兰特的手下会找到博士,但只要博士躲在塔迪斯的那扇旧门背后,他就是绝对安全的。

"玛莎,快看,我上电视了!"博士说。

格兰特猛然对玛莎发难道:"他是怎么做到的?"

"你说呢?"

"好了,"博士继续道,"我猜你们肯定有十万个问题要问我,但是你们必须先等等了。看,就在你们像无头苍蝇一样乱撞、浪费时间的时候,有人去做了点实事!"

"马上告诉我,"格兰特说,"否则你只是在给自己找罪受。"

"我不知道他是怎么做到的,行了吗?"

玛莎说的是真话。博士有时会激动得上蹿下跳,但当他不那么做的时候，他的举动总是很神秘。

"你猜怎么着？我把问题全都解决啦！不过，公平地说，这个挑战并不难，反正根本难不倒我。我刚说到哪儿了？哦，对了，我想起来了。"

博士的脸从屏幕上突然消失了，取而代之的是那个飘浮生物体的近照。玛莎看到它的样子时，不禁皱了皱眉头。那玩意儿长得就像是个没有轮廓的灰色泡泡，身上布满鳃一样的突起。随着它规律地吸入和排出空气，身体也一鼓一扁的。虽然没有任何可供参考的比例尺，但她知道那东西的身躯极其庞大。

"现在，你们都听好了。"博士忽然说道。

一声高分贝的哀号响彻整个控制室，紧随其后的是一阵浑厚的隆隆声。几秒钟后，这段奇异的小调又重复了一遍。

"我知道它听上去就像鲸歌一样，但并不是。你所听见的是编码信号。"

莫里斯眉头紧锁，"他在说什么？"

"每只小动物都会发出一段信号，来和同伴交流它们的气体储存量。同伴们接收信号之后，就会回复相应的指令，告诉它应该如何就位。"

"他疯了，"格兰特小声道，"他什么都证明不了。"

"不过，"博士说，"当我这么做的时候……"

信号蓦地变了。鲸歌变成了尖利的抖动音。顿时，那个生物体停止了起伏。它开始缓慢地下沉，身上载着致命的货物，盘旋着逼近地球。看到这一幕，屋里响起一片在惊恐中倒抽冷气的声音。

"我的天哪。"莫里斯喘息道。他直勾勾地盯着窗外。

玛莎向外望去，立刻发现有什么事情不对劲儿了。那些生物的动作不再是随机无规律的，它们组成了阵型，开始有序地在地球上空游移。"它们在做什么？"她问道。她并不期待有人会回答。

"准备就位。"博士说。他不知什么时候溜进了房间，手里拿着音速起子，"那些东西知道我们已经盯上它们了。"

格兰特朝他走近了一步。

博士严厉地摇摇头，"记得上一次你试图拦下我的时候，发生了什么事吗？"

格兰特瞥了音速起子一眼，向后退去。

"我不明白。"玛莎说。她看看博士，又看看屏幕。屏幕上的画面暂停了，博士的脸在屏幕上一动不动地望着她。

"那个东西？我离开塔迪斯之前就录像了——只不过是加了个延时效果。"

"好啊，但你为什么要这么做？"

"我必须在同一时间里把所有人的注意都吸引过来，否则这位不高兴先生才不会给我证明观点的机会呢。"

"你让全世界陷入了绝境。"格兰特向他怒目而视。

博士翻了个白眼,"别大惊小怪的。我只是黑进了它们的信号系统,让其中一个误以为它收到了下降的命令。"

"你杀了它?"玛莎问。

"它们没有感知力,玛莎。它们只是一个个装满了风的皮囊,神经系统奇小无比,只有能力回应一些最基本的指令。"他走过他们身边,来到最近的工作台,"那一只会降落在大西洋正中。不会伤到任何人的。而且,如果我这么说会让你感觉好点的话——就连它估计也不会死。"

"其余的那些呢?"莫里斯焦虑地打量着其他的生物,"用不了几只,就能摧毁一座城市。"

"这么说你确实相信我的话了!太棒了!"

"他可能会相信,但我才不信。"格兰特咬牙切齿地说,"那东西是因为有你插手才下沉的。现在你已经把所有的生物都惊动了。"

"你还是不理解我的意思吧?"

"博士!"玛莎喊道。那群生物突然加速了,正快速飞向地球另一边。

"好啦,冷静点。它们一般可不会加速。"

"它们现在就加速了。"

博士看着窗外,皱了皱眉头,"真聪明……它们正在用储存的气体为身体提供助推力。"他嘟囔道,紧接着又开始用音速起子在工作台上扫来扫去。

玛莎什么都没说,她不想打扰博士的注意力。

莫里斯来到了她身边。当看到那群遨游的生物分裂开来,组成一团团高悬在五大洲上的螺旋时,教授不禁畏缩了一下。

玛莎焦虑地看着博士。不管他要做什么,她都希望他能够加快速度,赶紧办完手头的事情。他们的时间不多了。

"它们会先攻击城市!"博士喊道,兀自专注地凝视着工作台,"一击便可以杀死亿万人,然后靠爆发出来的气体解决剩下的人。"

"军队能不能用导弹把它们打下来?"玛莎问。

"可以啊,只是你要面对的东西从致命气体爆发变成了大规模爆炸——没好到哪里去。"博士不屑地挥了挥那只闲着的手,显然是在竭力集中注意力。从他脸上严肃的神色来看,事情的进展并不妙,"频率一直在变……没办法锁定……"

玛莎咬着自己的指甲。那些生物又减速了,这应该代表着它们要开始准备下降了。在遥远的下方,她看到巨大的黑影已经投射在了伦敦城之上。在这个年代,她的家人应该已经全都不在了,可总还会有后代住在这座城市里。她一想到他们会遭遇不测——或是任何人遭遇不测——就难过得无法继续思考下去。

她凝望着博士,但她读不出他脸上的情绪。他疯狂地用音速起子到处乱扫，可是什么事情都没有发生。玛莎简直想要尖叫出声。

"有没有我们能帮上忙的地方？"莫里斯恳求道。

博士忽然笑了，"你可以直接要求他们停下来啊。"

"我们可以跟那群生物直接对话吗？"

"不是它们！天哪，作为一位聪明人，你可真够迟钝的。我指的是你们口中那群善人。"

"我们早就说过了，"格兰特吼道，"他们都在几百光年之外的地方。"

"哦，真的吗？"博士炫耀似的拿着音速起子在工作台上舞来舞去，"不过，我已经破解了密码，所以我只要锁定信号就好。然后我就可以同样黑进他们的系统了。就像这样。"

外面的太空忽然扭曲起来，玛莎赶紧躲到离窗户远一些的地方。

"伪装器，"博士笑了起来，"哎呀，糟糕，好像谁把它弄坏了。"

闪光之中，一个庞大的东西正在空间站旁边缓缓显形，群星都消失了。那是一艘飞船，可它长得完全不像是玛莎所见过的任何飞船——某种像骨头一样的东西堆成了锥形，被一种暗沉的灰色树脂绑在一起，其上布满发光的小孔。她看不到任何可以被称之为引擎的东西。或许这艘飞船确实是有引擎的，只不过她认不出来而已。飞船那么大，又那么陌生，在它面前就连空间站都显得渺小起来，令玛莎一时间愣住了，无法回过神来。

"好了。"博士说，他开心地搓了搓手。

格兰特瞠目结舌地盯着善人们的飞船。

即便是像莫里斯这样卓著的科学家，也无法立刻接受眼前所看到的证据。"但……但是……"他结结巴巴道。

"我也是这么想的！"博士说。他把一只手放在教授的肩膀上，另一只手则放在格兰特的肩膀上，"地球上的每一个监测站都会看到它。世界上的每一发核导弹都会对准它。"

"气体炸弹怎么办？"玛莎问，"把飞船炸掉也没法阻止它们降落啊。"

"根本不会走到那一步的。你看——"那些灰色的生物已经开始渐渐远离地球，在宇宙里无害地飘浮着，"辛奈拉里亚族人知道它们已经暴露了。它们应该已经探测到了地球的防御装置系统。我跟你们说过了，它们不喜欢炸东西，只喜欢阴谋诡计、暗中观察，而我刚刚恰好撞破了它们的伪装。只要有一枚核弹撞上它们的飞船，一切就结束了。所以，它们只能认输。"

格兰特依旧盯着窗外看。"他们要走了。"他喘息道。

玛莎也望了过去。辛奈拉里亚族人的飞船正在缓缓离开轨道。

"你怎么知道他们不会再回来？"莫里斯终于回过神来。

"它们不知道我在这里。根据它们的了解,是人类击败了它们。那只看上去那么无害的猫咪咆哮了起来,它们这才知道原来自己面前是一只老虎。所以,它们不会再回来了。"

"是我们错了。"莫里斯说着,小心翼翼地看着玛莎和博士,"谢谢你们。"

"这是我的工作,"博士拙劣地模仿着牛仔的口音说道。紧接着,他的表情又严肃起来,"如果你们真的想感谢我,就去踏踏实实地拯救你们的星球。"

"你是什么意思?"

"别走捷径,别打补丁。你们根本不需要任何人的帮助。辛奈拉里亚族人只是以为你们很聪明,但我能够肯定——你们真的很聪明。你们确实是一群棒极了的人。"

玛莎笑了。她最喜欢博士激动的时候,现在他显然开心极了,精力充沛,手舞足蹈。

"我的意思是,你们当然也有愚蠢粗心的时候,"他继续说道,"看看你们把地球害成了什么样儿!然而——然而——你们也同时拥有牛顿,拥有爱因斯坦和霍金,拥有所有那些伟大的思想。你们还拥有极致的美丽——哦,我一说起来就停不下!西斯廷教堂、埃菲尔铁塔、巴比伦的空中花园——"

"博士。"玛莎打断道。有时候就得有人来把他拉回正轨。

"什么?哦,对了,对不起。无论如何,我的意思是,你们有足够的智慧和力量来解决自己的问题。辛奈拉里亚族人并没有彻底清理大气层，但它们至少为你们留下了足够的喘息之机。好好利用吧！把接下来的工作做完。你们足够聪明。而且，如果你们能在大西洋的某个地方找到那只漂浮的大风袋，你们也可以从它身上学学技术。"

"是啊，"莫里斯说。当他想到未来的无数可能性时，眼睛都睁大了，"我无法说我们彻底明白了应该怎么办，但至少我们还可以去探索……"

当博士抓住玛莎的手，悄悄将她带向门口的时候，莫里斯还在喋喋不休。

"不到一小时，就拯救了世界。"在他们走向电梯的时候，博士说道，"我觉得我们破纪录了。"

"我们可真自大，是不是？"

"是啊，不过你可不能怪我。有些时候我的聪明才智甚至会吓自己一跳，而且我向你保证，要吓我一跳可不太容易。"

"那你可不可以用一点儿你的聪明才智，把我带回地球？"

博士扬起了眉毛，"好吧，你刚刚做到了，你吓了我一跳。我们有那么多可以去探索的时间和空间，但你却告诉我你想回家？"

"我不是想回家，"玛莎说，"我希望你让我看看距今十年后的地球。我想知道他们是如何解决问题的。"

"好,那我们就去看看十年后的地球。不过你别担心。正如我所说,他们能照顾好自己的。一切都棒极了!"

玛莎笑了,挽住了博士的手臂。是啊,只要有博士在,一切都棒极了。

第七章

"我不能孤军奋战,"玛莎在吃晚饭的时候对瑟科特的人说,"我做不到。我一定会尽我的全力,但同时我也需要帮助。我需要尽可能多的人化身成玛莎·琼斯才行。"

"什么?"西尔维大笑。

玛莎也笑了笑,然后说:"我的意思是,要让尽可能多的人来和我做一样的事情。去四处旅行,跟更多的生还者建立联系。把我过去几天里给你们讲的故事也讲给他们听。告诉他们接下来还会发生什么事,以及他们应该如何去应对。化身成我。这样,就像是把我复制了一样,让我同时出现在无数个不同的地方,继续传播这些消息,然后引领更多的人也加入进来,成为玛莎·琼斯,然后去制造更多的化身。"

"玛莎,不要误会,我真的非常尊敬你,"伊夫斯说,"但是光凭三言两语,就足够了吗?言语和一些点子?如果想击败法师,我们就必须要战斗。"

有些人嘟囔着表示同意。

"战斗可以分为很多种，"玛莎说。

"我的意思是，杀死法师。"伊夫斯说。

"博士他——"

"我无意冒犯，"安托万说，"你提到的那位博士可能已经死了。"

"他没死，"玛莎说，"如果他死了的话，我会知道的。"

晚餐后，玛莎帮马修一起洗碗。"你呢？"她问他，"你想不想成为一名玛莎·琼斯？"

"我会对每一个我遇见的人重复你对我说过的话，"他回答道，"但我同意伊夫斯和其他人的观点。我们需要战斗。他们说，地下组织的规模已经渐渐开始壮大了，他们在东方，在德国和瑞士那边。我一直考虑到那里去，看看能不能加入他们。或许我也可以把地下组织的人一起动员起来。"

"很多人都曾提起过地下组织。"

"他们分为很多小组，"马修告诉她，"虽然它们各自独立，但假如我们可以把小组都团结起来……"

"联合镇压军很强，"玛莎说，"还有人脸金属球……"

"除此之外我们还能做什么呢？"马修问。

"怀抱信念？"玛莎建议道。

马修拧干洗碗布，手指有节奏地敲击着碗缘。笃笃笃笃！笃笃笃笃!

"你告诉我们的那些故事,"他说,"那些所有不同的世界和外星生物,它们都是真的吗?"

"你觉得呢?"她反问。

"我觉得两个月之前,天空突然裂开一道缝,奇怪的东西像雨点一样降临地球,改变了整个世界。我觉得现在一切皆有可能。这么说,那些不同的时空,你都去过?"

她点了点头。

"博士带你去的吗?他究竟是个什么样的人?"

"他是个非同寻常的人。他从不放弃。他总在不停地战斗,而且他永远能找到最聪明的作战方法。相信我,他的那些方法绝不包括炸弹和枪炮。"

"他知道人脸金属球是什么吗?"马修问。

"不,还不知道。"

"那你呢?"

她摇了摇头。两个人一起将那桶洗碗水拎到灰色的污水回收机旁,把水倒了进去。"我不能在这里待太久,"她对他说,"我需要继续前进。"

"这片区域的警戒非常森严,"他说,"或许你再等一个月比较好。"

"我等不了那么久。"她说。

马修耸了耸肩，"那我们找一条别的路好了，我和你一起离开。"

"你不用——"玛莎开口道。

"我可以带你去其他的生还者营地，他们都散布在这里和济韦[1]中间。结识他们之后，他们就可以把我们引荐给更多的人。"

"你真的不用为我做这么多。"她说。

"不是为你，是为我自己。"他说，"我觉得我是时候去找找地下组织了。"

"那我们怎么离开这里？"她问。

"我会想到办法的。"

当布鲁诺的电话打进来时，格里芬正和他的部下挨家挨户地搜查瑟科特郊外的住房。格里芬掏出手机接通："你说。"

"你看到守望者了吗？"

"没有。"

"我建议你现在看一眼，快点。"布鲁诺说。

格里芬举着电话，朝自己的车狂奔而去。一排排被扣留在枪口下的人哀声哭泣，一旁的警犬向着这些吓破胆的俘虏狂吠，脖

---

[1]. 法国东北部城市。

子上的链条绷得笔直。

"叫他们闭嘴。"格里芬对简克斯说。

他钻进驾驶室,在车载电脑上打开了"守望者"。

"你看到了吗?"布鲁诺在电话里说。

"看到了。"格里芬说。

"目击逃犯玛莎·琼斯。图尔奈劳改营。"消息窗口里写着这样一句话。

"已经确认了吗?"格里芬问。

"一个通过身份证明的联合镇压军联系器在二十分钟前发来的消息,"布鲁诺说,"我也核实过了。有消息称,今天早上九点左右,琼斯在劳改营出现过。有三个不同的目击者,其中一个还是劳改营警卫。"

"那是两个小时之前的事情了。"格里芬说,"图尔奈离这里有多远?"

"在比利时,国境线之外。如果你开得快,一个小时就能到。"

"你先待命。"格里芬说。他把头从车里探出来,大喊:"跟我走!快点!"他的部下赶紧跑了过来。

格里芬发动了引擎,"布鲁诺?"

"我在。"

"清理从这里到图尔奈之间的一切路障和检查站。告诉那里的守卫我们很快就到，中途不会停车。马上封锁劳改营和周边地区。调动你所有的资源。"

"当然。"

"封锁劳改营之后，在我本人抵达之前，谁都不许进去。明白了吗？在我抵达之前，谁都不许擅自抓捕玛莎·琼斯。"

"明白。"

格里芬合上手机盖。他的部下已经全部登车完毕。他挂上挡，猛踩了一脚油门。

"老大，我们要赶路吗？"布梅纳尔问。

"去图尔奈。把枪上好膛。"

"找到她了？"

格里芬点点头，"她逃不出我们的掌心。"

"就这么简单？"玛莎嗤笑着问。

"差不多吧。"伊夫斯点了点头，又在电脑破旧的键盘上打了几个字。

"再次确认：逃犯玛莎·琼斯。图尔奈劳改营。请求指示。"屏幕上写着这样一句话。

在短暂的停顿之后，网络系统传来提示音。

"图尔奈的联合镇压军全体。原地待命，等候人员集结。"新消息说。

闪电集市的管理员们在截获补给装甲车的时候，也得到了一辆联合镇压军的卡车。所有的装甲车都被丢在了仓库里，或者随便扔在水库和采石场。联合镇压军得过好一会儿才能意识到，他们丢失了一辆依然处在激活状态下的全地形车。

"我请人帮了个忙。"马修说，"是你替集市带来了提前预警，你就把这个看作是集市管理员们的回礼吧。"

他们把书包装进了车里。玛莎穿上军靴、军裤和一件黑色皮质外套，匆匆挥别了瑟科特的生还者。起风了，那些榆树和杨树沙沙作响，枝叶投下的阴影在工厂废墟之上摇晃。"你们大家，快进去吧。"她说，"你们不该到这外面来。"

"愿神保佑你，玛莎。"西尔维说。

"保护马修的安全！"安托万大笑。

"记住，一定要抱有信念。"玛莎望着他们，用手指轻轻点了点太阳穴，"如果我们铭记一切、怀抱信念，就能打赢这场战争。"

马修和他的朋友们进行了最后的告别，然后钻进了驾驶室："玛莎？"

她打开了副驾驶的门，回头望了望生还者们。"为了我，去成为玛莎·琼斯吧。"她笑着对他们说。

玛莎也钻进了车里，车子开始沿大路行驶。瑟科特的人对她非常照顾。当她不得不挥别他们的时候，她也感到情绪激荡了起来,仿佛要因为不舍而流泪。但迄今为止她都没有哭过,现在也绝对不会哭的。

开一辆联合镇压军的车显然是有好处的。他们一路向东,经过贝尔索和特拉温特镇,绝大部分检查站都直接让他们通过了,即使那些更严格的站点在拦下他们检查的时候,也没有从马修的伪造证件和文书里看出什么破绽。甚至没人注意到车里还坐着第二个人。

他们打开了控制面板上那个套着橡皮外壳的电脑,为的是紧跟"守望者"发来的最新动向。这样一来,马修就能得到提前预警,绕道避开联合镇压军的集结和调度。

入夜时分,他们抵达了瓦兹河[1]边的一个小村子,结识了那里的生还者小组。那些人帮他们把车藏了起来,然后把他们带到了避难所,为他们准备床铺和饭菜。作为回报,玛莎又讲了一些故事。有些故事是她从未讲过的,有一些则是早就广为流传的,才开了个头大家就知道了后面的一切。

她回答他们的问题,听他们倾诉希望与恐惧。她告诉他们她所知的一切,并向他们寻求帮助。她鼓励他们将她带来的故事继续传下去。

---

1. 法国北部河流。

她做到了博士要求的事情。

次日，曙光初露的时候，下起了雨。当他们启动车子打开电脑的时候，看到"守望者"已经被消息挤爆了。他们的小骗局被识破了。在某个地方，某个人——玛莎想，大概就是那个疤面壮汉——正在大发雷霆。地毯式搜索、国境线封锁和突击调查，正在如火如荼地进行。

他们在雨中驶向吕米尼。

"我们是时候丢掉这辆车了。"玛莎说。马修点了点头。

"车上可能有定位器，"玛莎说，"或者他们有可能通过大天使网络追踪我们的信号，直接追查到这台电脑。"

"我知道。我只想起码走到艾松纳尼再说，好吗？"

"好。"

距离艾松纳尼还很远的时候，他们不得不把全地形车丢弃在一条河里。大雨瓢泼而下，联合镇压军已经离他们不远了。武装直升机在头顶盘旋，玛莎还看到了两拨掠过天际的人脸金属球。他们徒步穿过暴雨中的森林，避开高速路，终于在下午的时候抵达了一个叫乌雷特的地方。

这个村庄一片死寂。看上去，小校舍后面的森林里仿佛有一片乱葬岗。

他们继续前进，在夜色降临的时候抵达了圣马塞尔。雨依然淅淅沥沥地下着。一位独居于斜坡石屋里的好心农夫开着卡车把他们送到了艾松纳尼。他一直沿着小路和田野行驶，前进的速度很慢，没有开车前灯。主路和高速依然被泛光灯和探照灯映得透亮。

农夫在距离艾松纳尼一英里的地方让他们下车，然后为他们指了路。晚上十点，他们终于到达了城镇。有一小批躲在市政厅地窖里的生还者收留了他们。

他们的时间只够留下来喝一碗汤，然后讲一个故事。玛莎简略地把她的演讲复述给了这些人，期望着这样也能达到效果。

凌晨两点的时候，雨终于停了，天黑无月。艾松纳尼的生还者们带领他们穿过湿漉漉的田野，来到郊外的小镇庞维勒。那里住着更多的生还者，是个足足有近七十人的小社区。疲倦至极的玛莎在马修的示意与鼓励下再度开始讲述她的故事，做她该做的事情。她已经重复了太多遍，那些语句在她听上去开始渐渐显得呆板无趣了。她衷心希望聆听的人不会也一样觉得无趣。幸好，眼前的人似乎都在认真地聆听。

"'地下组织'？你们有人听说过地下组织吗？"之后，当他们喝着苦咖啡、吃着硬饼干的时候，马修问大家。

没有人能够给他答案。

"我需要接触更多的生还者，"玛莎对庞维勒的领头人说，

"我必须继续走下去。你能帮助我吗?"

男人点点头,"我们需要早点出发。"

他所谓的早,就是凌晨四点半。玛莎几乎一宿都没合眼。庞维勒的人带着他俩,重新走入黑暗。雨又下起来了,森寒的天气简直糟透了。玛莎瑟瑟发抖,感到寒冷透骨,疲倦至极。

他们沿着河流穿过森林,路过一大片矿石场,吊车像一群螳螂般围着一个尚未竣工、近千米高的法师雕像,它看上去仿佛正在俯瞰着他们,脸上露出半完成的、厚颜无耻的微笑。

一个小时后,庞维勒的人准备返回了。

"继续走。"领头人说,"沿着湖岸一直走,直到抵达大路为止。大路会带你们去巴雄耐尔。"

"那里也有生还者团体吗?"玛莎问,"那种我们可以去拜访的团体?"

"我已经告知了对方你们要来。"领头人说。

他们没有道别。庞维勒的人径直转身,消失在雨幕和黑夜之中。

玛莎和马修继续跋涉。雨下得更大了,小径变成了泥潭。

"快到了,不会再走得更远了。"玛莎抱怨道。

"不会吗?"马修问。

猛然间,近乎残暴的强光撕开了黑暗,一时把两个人炫得几乎失明。在泛光灯的包围之下，玛莎和马修慌乱地四处张望，无所遁形。他们听见了喊叫的声音、士兵在湿漉漉的灌木丛里向他们走过来的声音，还有武器的声音。

"趴下！快趴下！"有人大喊。

他们趴在了地上。玛莎看到马修正在掏包，她知道他随身带着一把短管猎枪。"不要！"她喊，"求你，不要！"

全副武装的男人包围了他们，把他们按在地上，搜查他们的口袋。

一切都结束了。联合镇压军抓到他们了。

第八章

午间酷烈的高温之中,奇努克直升机[1]突突地响着。它飞得又低又快,向南一路前进,漆黑的影子在伊兹密尔[2]东部的黄土悬崖和山丘上拖行。

飞行员冲着对讲机说了一句话。"你说什么?"玛莎问。

"我说我们快到了,琼斯小姐。"飞行员笑了起来。

玛莎坐在机舱右舷的座椅上,凝视着窗外,希望能再看一眼波光粼粼的爱琴海。机舱里闷热无比,缺乏保养的引擎冒着浓浓的烟,但再怎么样都要比走路强。这是她四个月来速度最快的一次旅行,更是她自第零日以来第一次坐飞机。这架直升机是保加利亚的地下组织分支从土耳其空军那里偷来的,里面安装了转发器,能截获联合镇压军的通信信号,解码校正之后广播出来。然而,尽管如此,他们也不想在空中停留太久。

玛莎用手扇着凉风,想努力享受这次旅途。徒步、摇摇欲坠

---

1. 一种纵列双引擎双螺旋桨全天候多功能重型直升机。
2. 土耳其境内。

的卡车和破旧的汽车、蒸汽船和货船、马背和狗拉的雪橇、轻型摩托车和偶尔不得不骑的自行车——这次至少要方便多了。在她穿梭于乌克兰的劳改营之间时,她甚至坐了两百里的货运火车。

在地下组织和他们的密语频道帮助下,她一路穿过了欧洲和那些苏联地区,直抵东方的大门。她一路都在完成自己的使命,在所经的每一个地方留下自己的故事。

地下组织并非一个整体。在第零日刚刚发生之后那些绝望灰暗的日子里,许多国家都有独立的组织进行抗争。有些组织一直在单打独斗,并未意识到世界上还有其他目标类似的人在与他们并肩作战;另一些组织则取得了联系,成了盟友,互相分享信息、补给和武器,合力在联合镇压军的眼皮底下转移难民和脱逃者。每个分支、每个小组,都是由玛莎此生所见最坚毅、最有决心的男男女女所组成。他们曾为玛莎几次命悬一线,乃至牺牲性命。在卢布尔雅那,有五位斯洛文尼亚分支的战士在营救玛莎的时候牺牲了;而在玛莎离开慕尼黑分支总部两天之后,那里遭遇了一场突袭,所有未能及时撤出的战士都被强制遣往匈牙利的联合镇压军处罚营。有传言称,是一名身材高大的刀疤脸特工领导了那场慕尼黑突袭。就在玛莎安排与贝尔格莱德的一个分支在克拉达尼会见的前夜,人脸金属球的攻击将一整个分支付之一炬。三天三夜,玛莎都在特比维奇山脉的森林里仓皇逃命,想重新与组织取得联系。

玛莎第一次接触到地下组织的时候，是在法国东部巴雄耐尔的森林里，那个小雨淅沥的夜晚。庞维勒的生还者通过自己的关系网，帮他们联系到了地下组织。那时，玛莎和马修本以为他们落入了联合镇压军的手中，但实际上，那只是地下组织的人罢了。

巴雄耐尔分支的人有一肚子的问题要问他们。玛莎和马修都被他们反复盘问，过了很长时间，他们才终于肯相信玛莎并不是联合镇压军派来的卧底。在图尔奈骗局之后，联合镇压军的突袭搜索席卷了法国的那一整个区域。

玛莎证明身份之后——在一次联合镇压军的伏击之后，她一直无私地坚持让其他的伤员优先得到治疗，这一点成功赢得了地下组织的好感与信任——巴雄耐尔分支的人开始接纳了她。他们和东方的人有联系。秘密的消息通过密语频道，在城市与不同的人之间流传。据说，一位被称作准将的人想要见见她。他将会在土耳其的一个叫柯萨斯山的地方等候她。

马修则在巴雄耐尔的地下组织留了下来。玛莎上一次听说他的消息时，他正在前往第戎，调动那里的一个分支。

在高速飞行的直升机里，玛莎看到了遍布土耳其爱琴海岸沿线的巨大工厂和矿坑。在滚滚黄土之中，无数篷车顺着大路蜿蜒前进，里面坐满奴隶劳工，在联合镇压军的监管下去往他们的工作地。

在被征服的伊兹密尔外，也矗立着一尊由整块石头雕刻而成的法师像，正在骄傲地俯瞰脚下的大地。世界各地都有他的雕像。她听说他甚至把自己的头像刻在了拉什莫尔山[1]上。她想，当她前往美国的时候，一定要去亲自证实一下。

距离第零日已经过去了四个月。她度过了一年中三分之一的时光。

直升机的引擎声变了。

"要降落了，琼斯小姐。"飞行员用客气的土耳其语对着无线电说，"我不能在着陆区停留太久，所以现在就要和你道别。能够把你载到这里是我的荣幸。我绝不会忘记你对我说过的话。"

"谢谢你。"玛莎说，她调整了一下自己的耳机，"祝你返程一路平安。"

"我会尽力的。"飞行员笑了。

"他们会在那里等我吗？"她问。

"如果密语频道没出差错的话，会的。你要留在着陆区附近。联系的暗号是'本顿'。"

"本顿？本顿？！"

"暗号可不是我决定的。"

"明白。"

---

1. 又名总统山，上面刻着四位美国总统的头像。

"祝你好运,琼斯小姐。"

直升机骤然下降。干燥的土地在他们下方隐约显现,遍布坚硬的岩石和疾风吹拂的悬崖。直升机的螺旋桨飞快地旋转着,它停在一块坚实的地面上,扬起一大片白色的尘土。

玛莎解开安全引导索,抓起书包,打开了门。外面酷热粗糙的风卷着沙砾扑面而来。她跳下直升机,埋着头穿过涡轮的扬尘,向前跑去。

隐约间,她看到飞行员在驾驶舱里对她竖起了大拇指,然后直升机便像喧闹的鸟儿一样重新升空了,不断旋转,倾斜着调整角度,头冲下向上攀升,前往伊斯坦布尔外围的安全区。

玛莎望着直升机逐渐远去,脸上早已是大汗淋漓。

直升机离开了她的视线。涡轮的响声在悬崖边回荡了一会儿,然后也渐渐消失了。

她再次恢复了独自一人。炎炎烈日悬在头顶,蟋蟀在干枯的灌木丛里鸣叫。没有哪怕一丝阴凉。玛莎掏出水壶,喝了一大口。她静静地等着。一直没有人来,只有阳光在炙烤着近处那些早已脱水的灌木丛。

"收到了?"格里芬问。

布梅纳尔点了点头。他是小组的技术专家。"老大,这次截获的消息真有料,就连他们的暗号都清清楚楚。"他调整着电脑。拉菲尔提凑过来看,边看边擦拭着额头上的汗珠。

"要不要我把录音再放一遍?"布梅纳尔问。

"说重点就行。"格里芬说。

"她已经落地了,跟我们之前想的地点分毫不差。载她来的直升机已经返程。"布梅纳尔说,"据说他们的联系暗号是'本顿'。"

"跟我们之前想的地点分毫不差。"格里芬沉吟道。

"老大,再过几分钟,那架直升机就会经过我们头顶。"简克斯说,他肩上扛着从车里取出来的GTAM,"要不要我来扫扫它的兴?"

"不要,"格里芬说,"她可能会听见爆炸声。把那玩意儿收起来。通过守望者联系一下伊斯坦布尔的驻军,跟他们说,那架直升机一旦落入他们的辖区,就把它毁掉。"

"好的。"简克斯说,声音里有一丝失望。

三个月以来,他们终于得以逐渐收网。这个任务已经成为了格里芬的个人挑战。拉菲尔提开始称呼他为"亚哈船长[1]"。副官一直在支持格里芬的行动,然而从她传来的消息中可以窥知,玛莎·琼斯的自由之身已经开始渐渐让法师大人不满了。

"准备好,"格里芬说,"我们该去把她抓到手了。"

---

1. 出自19世纪美国作家赫尔曼·梅尔维尔的小说《白鲸》,亚哈船长是全书的主人公,坚持不懈地追踪着名为莫比·迪克的白鲸。

他们坐上了停在炎热山坡上的吉普车。

"玛莎·琼斯和东方地下组织,两样东西一起到手?法师大人会爱死我们的。"格里芬说,"我们一定要把他们的大门彻底撞破,亲手把玛莎·琼斯和臭名昭著的准将带到法师大人面前。

"出发!"他命令道。吉普车飞驰而去,扬起大片的沙尘。

玛莎奋力爬到了山谷的高处。头顶的天空万里无云,蔚蓝得仿佛失真了一样。阳光无比酷辣,沉沉地坠下来,像是要掐灭哪怕最微小的风。蟋蟀在树丛里扑腾着。

她走进了一座位于着陆区附近的村庄。里面是一片废墟,到处都是坍塌的房子,地上撒满了垃圾和碎砖破瓦。她听见了一声咳嗽和一声呼噜,猛地刹住了脚步。

这里的狗都饿急了。它们几个月都没吃东西了。它们聚成一团,眼神空洞地穿过街巷,在废墟里刨来刨去,四处嗅着,寻找血食的味道。

它们闻到她了。

玛莎僵住了。她听到留着指甲的爪子踩在石头地上的声音,还有磨牙声和低吼。

狗群从前面街区的街角绕了过来。领头的是一只丑陋的獒犬,即便在饥饿中生存了这么久,它的体重多半也和她一样沉。狗群开始吼叫,它们张开的大嘴里露出黑色的牙床,白沫和唾液顺着下巴流了下来。

玛莎慢慢地把左手伸进衣领里。就在狗群向着她扑来的一瞬,她掏出口哨,用力吹了三次。

她听不见口哨发出的声音,但是狗群能听见。它们顿时哀叫着四散开去。这个小技巧曾经不止一次地救过她的命。

"玛莎·琼斯?"

她转过身。一个穿着黑色军服的男人站在背后,枪口对着她。"玛莎·琼斯?"他又问了一遍。

"你是联合镇压军的人吗?"她问,满心恐慌。

"取决于你的答案。"他说,"暗号是什么?"

"本顿?"她小心翼翼地问。

男人放下枪,对她笑了。

"回答正确,"他说,"玛莎·琼斯,欢迎来到柯萨斯山。我就是准将。"

第九章

眼前空无一人。格里芬下了车,望向热潮深处。

"没有人。"汉德利跑了回来。

"这里是柯萨斯山吗?"格里芬问。

"老大,信息报告里是这么说的。"汉德利说。

"但是这里没有人?"

"一个都没有,老大。"

"柯萨斯山其实并不存在,"卡车在土路上颠簸着,准将对玛莎说,"是故意误导人的。柯萨斯山并不是地理位置,而是我们给集合点起的代称。我们根据任务的性质来决定柯萨斯山的真正位置。"

"原来是这样。"玛莎说。

"琼斯小姐,你是个很有价值的目标。"准将说,"我们可以确定的是,在联合镇压军的普通警卫队之外,还有至少三个专门受命来追杀你的特别行动小组。其中有一组就在伊斯坦布尔,距离你已经很近了。我们必须格外小心。在过去的二十个小时里,我们已经四次改变了柯萨斯山的位置。我想,现在联合镇压军多半正在暴跳如雷地咒骂你吧。"

玛莎点了点头,"你叫什么名字?"

准将尴尬地眨了眨眼睛,露出抱歉的神色。"不好意思,琼斯小姐,"他将身份证明递给了她,"我是埃里克·凯尔文准将,曾在皇家海军陆战队服役,前联合情报特派组成员。"

"身份是可以伪造的。"玛莎说。

"确实如此,琼斯小姐。想要向你证实我的身份的确很难。我只希望刚刚我放下枪的时候,已经向你证明了我是可信的。七十年代的时候,我父亲曾是联合情报特派组的人。他对我讲起过许多关于博士的故事。我听说博士可是个风流人物,还有他在莱斯布里奇-斯图尔特[1]时代的那些事儿。我以为把暗号设为'本顿[2]'可能会提示到你的。"

"对不起,"玛莎说,"我不知道你在说什么。可能那些都是我上一代的事儿了。"

"是吗?是吗?"凯尔文看上去沮丧极了,"没关系,那就算了,至少我们的手里有你了。"

"我想知道我是在谁的手里。"玛莎问。

---

1. 联合情报特派组的创立者之一。
2. 联合情报特派组麾下军队长官的名字。

"当然是东方的地下组织了。"凯尔文说,"我们是土耳其这里连通东西方的节点:德国和苏联各加盟国、印度和印度次大陆、中国、挪威,全部的分支组织。噩梦降临的时候,我正在安卡拉执行联合情报特派组的任务。从那时候开始,我就在努力重建一切。"

"我知道了。"

"琼斯小姐,我必须问你这个问题,"凯尔文说,"你一定知道答案。我们要怎么做才可以?"

"可以什么?"玛莎问。

"可以杀死一位时间领主?"他问。

地下组织的基地真的位于地下。凯尔文的小组占据了丘陵里的一片山洞,附近是一大片古老圆形露天剧场的废墟。军用帐篷和车子被掩盖在迷彩网之下,但绝大部分基地设施都在凉快的山洞里,避开了烈日。

山洞里铺满了垫脚板,装备和资源都储存在侧面的洞窟中。人们沿着粗糙岩壁挂起了灯,用小型无噪音的发电机提供电源。洞穴深处的发电站则负责为无线电、电脑和其余的技术装备供给电力。玛莎数了数,这个基地里共有二十多个人,都穿着满是尘土的军装。这里没有儿童。

"喝茶吗?"凯尔文问。他请她在自己的办公桌前坐了下来。"对了,你肯定不敢相信,但是我们有……"他指了指桌上那盘燕麦消化饼干,露出极度自豪的表情,引得玛莎笑了起来。

"所以,琼斯小姐,你是真的不知道要怎么做吗?"凯尔文问。

"我真的不知道。对不起。"

"该死的,太遗憾了。"凯尔文说。他耸了耸肩,像是在说"那就算了"。

"我一直没有机会研究时间领主的身体构造。"玛莎说,"我不知道他们的弱点是什么,不过可以确定的是,他们的身体功能和我们绝对不一样。据我所知,他们甚至可以从致命伤中复原。"

"是啊。我也听说想要干掉一位时间领主很不容易,真令人胆寒。"凯尔文叹了口气。

"为什么你觉得我会知道怎么办?"玛莎问。

他点了点头,"琼斯小姐,说真的,我一直以为这就是你的任务。我听说了玛莎·琼斯的传奇,行走地球——相信我,你确实正在成为传奇——我一直以为你在寻找杀死法师的办法。我以为博士把什么秘密告诉了你,让你去某个地方寻找某个东西。我以为他是派你去寻找某种武器。"

"他确实给我交代了任务,但并不是你想象中的那种任务。"玛莎说。

"博士也想阻止法师,对不对?"

"他比谁都期望做到这一点,但是他并不想通过杀戮来实现目标。杀戮并非博士之道。"

凯尔文困惑地举起了手,然后说:"我不得不承认,我没有料到会是这样。琼斯小姐,我无意冒犯,但是你既然并不能对法师产生明确威胁,为什么联合镇压军还会如此急于阻止你呢?"

"我确实是个威胁,"玛莎坚持道,"我有一年的时间,来修复这一切。一年。如果我做到了,我就能够终结法师的统治。然而,我并不是个杀手,也并不是要去寻找什么传说中的、可以阻止法师再生的超级武器。"

她顿了顿。

"不过我觉得,"她补充道,"如果他以为杀死他就是我的任务,倒也不错。"

"为什么?"凯尔文问。

"因为他眼中的人类恰恰就是如此。"玛莎说,"他以暴力和压迫来对付我们,正是因为他认为我们会同样以暴力回击。准将,在法师眼中,人类是如此不堪。"

"琼斯小姐,这是显而易见的。"凯尔文苦涩地说。

"所以,如果他认为我是在寻找杀死他的办法,那就让他继续这么认为下去吧。我不会出来澄清的。不仅如此,如果地下组织可以主动传播谣言,加深他的误解,反而会对我更有帮助。只要能把他的注意力从我真正的任务上引开就够了。"

"我当然愿意效劳。"凯尔文说。他迟疑了一下，然后问，"那么，琼斯小姐，你真正的任务是什么呢？"

他们一直聊到了入夜时分。夕阳将沉的时候，他们走到山洞外面看夕阳，看到投射在露天剧场荒芜废墟里的影子逐渐拉长。

"会成功吗？"凯尔文问，"我的意思是，这么做真的能成功吗？"

"一定可以的。"玛莎说，"如果不是对这点深信不疑，我在几个星期前就因为绝望而放弃了。大天使交流系统是法师用来控制地球的首要手段。这是他征服我们的底牌——真正的底牌——早在人脸金属球降临之前就已经开始了。他利用大天使系统，让我们对他产生了信任：系统一直在发射含有催眠作用的规律信号，信号细微到让我们根本无法用耳朵听见。"

"我一直好奇，我们是怎么把那个该死的撒克逊人选上台的。"准将嘟囔道。他无意识地敲击着自己的指节。笃笃笃笃！

"博士的计划就是用法师的这个系统，反过来对付他本人。但是，想要做到这一点，必须有大量的准备才可以。"

"琼斯小姐，你别担心。"凯尔文说，"地下组织会尽最大的努力，招募更多的人来成为玛莎·琼斯。我们会走遍四方，同时把密语频道利用起来。我们一定会把你带来的消息散播出去，让整个世界都准备好迎接真相。"

"别忘了讲故事，"玛莎说，"请让我把我的故事也讲给你的部下听。不仅如此，你愿不愿意也讲讲七十年代你父亲和博士之间的故事？"

准将点了点头。

"没问题，我们可以负责讲故事。那么，琼斯小姐，你接下来又要做什么呢？"

"我？我将继续前行。"玛莎说。

第十章

第零日六个月之后,早上八点,大型货船"峥嵘之心"停靠在了横滨海运码头。

渐渐升起的朝阳将横滨海湾大桥的上半部分染成了霜白色,海湾上浮光跃金,然而一团雾霾却笼罩在城市之上。北至东京,东至千叶,南至镰仓,无休无止的工业生产将原本无瑕的天空一路染成了灰色。

正如世界上的其他国家一样,日本列岛也沦陷于法师手中,在他的奴役之下劳作着。

横滨的海运码头上一片熙熙攘攘。电喇叭里传来嘈杂的人声,船只的引擎发出鲸鱼吸水般的隆隆声,尖锐的装货警铃不时响彻整个船坞。在浑浊的烟霾里,起重机和吊车此起彼伏,巨大的车架晃动不停,宛如一只只伸展脖颈的远古怪兽,而慢吞吞开启运载模式的龙门架就像是蓄势待发、开合钳子的螃蟹。港口如今这般的效率,在第零日到来之前,是根本无法想象的。鸣笛的引航船和拖船在笨重庞大的货船之间灵巧地穿梭。早在很久之前,安全规范和码头条令就全部被废除了,现在唯一值得在意的就是效率。

有几十条船负责将曾经被称作俄罗斯联邦的土地产出的专用组件和半成品组装材料运到横滨码头,"峥嵘之心"正是其中的一艘。横滨和东京的郊区耸立着无数特殊加工厂,一座座宛如大地上丑陋的疙瘩,大部分货物都会被送到那里,处理完毕之后,再经由海路运回俄罗斯和中国,分配给一号船厂与四号船厂——那里是世界上最大的船厂,正在建造足以征服宇宙的巨大火箭舰队,准备让它们有朝一日像导弹一样冲破脆弱的云霄。

与此同时,"峥嵘之心"也将另外一样非常有价值的货物带到了日本。她的名字叫玛莎·琼斯。

这艘船上唯一一个知道玛莎存在的人,是一位叫迪米特里·科尔波夫的电工。科尔波夫是一位来自纳霍德卡的地下组织成员,自从大型海运行动开始以来,他就一直在往返于横滨和俄罗斯之间的船上做水手,利用自己的身份打通日本列岛和外面世界的密语频道,传递消息。

"这里的情况不同。"

在"峥嵘之心"缓缓挤进水泄不通的港口时,科尔波夫这样对玛莎说。

"哪里不同?"玛莎问。

"警戒等级不同。"他回答说,"这里感觉不太对劲儿。相比世界其他地方,日本的地下组织是最不成型的。"

"为什么?"

"你这个问题也难倒我了。"科尔波夫耸了耸肩,"上面的北海道和下面的九州都有零散的组织,但我们根本指望不上中央的本州。在这里顶多能找到个别的独立反抗者,但是没有任何组织。"

"因为警戒等级比较高吗?"

科尔波夫又耸了耸肩。

他们两人正站在面向港湾的护栏边,凝视着喧嚷热闹的码头。两名水手经过他们身边,友好地和科尔波夫打了招呼。

"迪米,你又在自言自语吗?"其中一个大笑道。

"对呀。"科尔波夫说。

两个水手的目光直接穿过了玛莎,仿佛视她为空气一般,然后他们继续向着甲板另一头走了。

"你在船上已经待了这么久,"科尔波夫嘟囔道,"可是每一次发生这种事,我还是没法相信自己的眼睛。"

"峥嵘之心"进入了泊位,船下传来撞击的闷响和叮叮当当的声音。龙门架探向前方,吊起了第一批集装箱。登陆/装货警铃震动着,发出锐响。没有任何预先仪式或是海关手续来拖延效率。"峥嵘之心"会以最快的、几乎可以说是草率的速度卸下所有的货物，紧接着离港返程，甚至连片刻喘息之机都没有。

"你必须记住，"科尔波夫说，"我听说，在法师的工业帝国之中，日本拥有最高科技的工厂。这里做的工作可不是船厂那样的大批量制造，而是极其精密的特殊加工。据说，名字叫'黑'和'白'的两座工厂专门负责生产火箭舰队的导航系统。"

科尔波夫从衣袋里掏出一张纸。

"你的联系人叫须玖，"他说，"地址是关内老车站旁边的一家工人食堂。"

"好。"玛莎说，"须玖会带我去劳改营吗？"

"计划是这样的。我们最多再过八个小时就要重新起航了。如果你还想回到我这里，就要在八个小时之内赶回来，否则我就不在了。"

"谢谢你为我做的一切。"玛莎说。

"你才是唯一一个应该被感谢的人。"科尔波夫说，"玛莎·琼斯，万事小心。"

没人看到玛莎偷溜上岸。她匆匆穿过喧闹的海运码头，小心翼翼地躲开工人和亮着琥珀色警示灯、慢吞吞穿行的大型装载机。这里吵闹而繁忙，一个本身就不太引人注意的人在这样的环境里，就像一滴水融入大海，消失得无影无踪。

温暖的空气里充斥着刺鼻的雾霾，闻上去有种干干的石油味儿。玛莎注意到港口几乎每一个工人和守卫都戴着一次性的过滤纸口罩。玛莎路过码头的一间办公室时，看到了一盒打开的口罩，她赶紧抓了一只戴上。

山下公园里矗立着法师的巨型雕像，他伟岸的花岗岩身躯屹立在城市上方，抱着双臂，目不转睛地注视着玛莎的一举一动。

须玖没有如约现身。玛莎自始至终都不知道发生了什么事。她花了五个小时在食堂和旁边废弃的车站等他。即便有感官屏蔽器的掩护，她也忍不住觉得自己已经暴露了行踪。她真不想在同一个地点待太久。她停留的时间越长，就越有可能被别人注意到。

工人食堂曾经是个很受欢迎的餐厅，它四面都是玻璃墙，屋里热气腾腾。每过半个小时，卡车就会从港口运来一批批劳累的港口工人，在这里吃一些少得可怜的稀粥和黏黏糊糊的面条。联合镇压军的守卫一直盯着他们，严酷地处罚每一个违逆了规矩的人，像赶羊一样把工人从卡车里轰出来，又逼着他们挤回去。

车站则是一片荒草疯长的水泥地。房顶已经凹陷进去了，六七辆公共汽车生锈的残骸在松松垮垮的罩棚下逐渐烂掉。这里成了流浪猫的大本营。当她在废墟里闲逛的时候，它们便朝她跑过来，喵喵地叫着，或是发出嘶嘶的声音。

玛莎这才意识到，猫能够看见她。

她一直在行走，绕着食堂缓行，不敢在同一个地方停留太久。她心中不断祈祷着须玖可以尽快出现。然而,在等了足足四个小时之后——还有两次,她以为有守卫注意到她了,吓得心脏几乎要停跳——她终于决定再等最后一小时,须玖还不出现,她就立刻离开。

在午后闷热的天气里,雾霾是最难以忍受的。天空变成了厚实的赭石色,仿佛有人泼了一桶污泥上去,目之所及的一切都笼罩着浓浓的灰雾。天际线被掩藏在重重阴霾之后,她甚至都望不见群山。她一直想在这里看看远方的山,但法师就连这一丁点儿的美景都没留给她。

越来越热了。闷雷隐隐在天空中滚过。

五个小时到了。她必须另作打算。

玛莎穿过横滨的街道,她孑然一身、无依无靠,精神高度紧张。第零日的到来摧毁了很多东西,玛莎注意到,这里没有任何人脸金属球的踪迹。她远远地看到了一些生还者,也在后街和地下通道里找到了若干曾经住着流浪汉的破烂小窝。

联合镇压军的巡逻兵遵循着单调的规律,从她身边不时经过。

她先前的计划是偷偷溜进"黑"与"白"工厂的劳改营。站在城市北方,她终于见到了工厂的全貌:那是两座深蓝灰色的巨大圆顶建筑,它们看上去无比庞大、格外不真实,根本不像是六个月内能建成的东西,更别提投入使用了。她想,当一个人可以自由支配全世界所有的资源时，确实能够做到一些不可思议、堪称奇迹的事情。

体积小一些的圆顶建筑是这两座工厂的附属，它们一共有四座，泛着金属的颜色，像凸起的脓包一样紧密地围着工厂，名字分别是"青""绿""赤"和"黄"。

玛莎开始盘算如何潜入最近的一座圆顶建筑里。

玛莎躲在了门洞里。此时已是傍晚，附近的街道上响起了警铃，她先是听到了惊恐的叫声、奔跑的脚步声，然后就是枪声。

穿着破烂衣服的平民冲过街道，擦过她的身畔，惊慌失措地寻找可以躲避的地方。一支联合镇压军的巡逻小队找到了一群毫无防备的流浪生还者，正想将所有人都圈起来，带到劳改营去。那些胆敢逃跑或是反抗的人无一例外都吃了枪子儿。眼前的景象让玛莎想起了乱世最开始的时候，在伦敦南部经历的一切。曾经的恐惧和焦虑在她心底悄悄复苏。

她拉了拉那扇紧贴着的门，门是上了锁的。在门洞里藏好，她对自己说，躲在暗影里就好，他们看不见你的。

一个蹒跚的老人在身旁少年的搀扶之下经过了门洞，然后倒在了一团炮火之中。玛莎畏缩了一下，赶紧转开了眼睛。

靴子的声音越来越近了。两个联合镇压军士兵追着其他的落跑者，从门洞前面飞奔过去，第三个士兵则停了下来，仔细检查老人和少年的尸体。

　　站稳了别动。只要一动不动就好。他看不到你的。玛莎对自己说。

　　士兵站起身来。他是日本人，黑色的军装裹紧他矫健劲瘦的身躯，突击步枪则被他抱在胸前。他直勾勾地盯着门洞的阴影，目光直接落在了玛莎身上。

　　他举起武器，用枪口对准了她，"出来！"

　　感官屏蔽器失效了。

　　原来玛莎一直都处在暴露之中。

第十一章

在天黑之前,玛莎与四十个其他的逃难者和流浪汉一起,被送进了"赤"工厂劳改营。许多人都在抽噎哭泣,可是玛莎没有流一滴眼泪。

涂着黑漆的卡车将他们带入了通电的铁丝篱笆内部,一路经过炮塔和警卫瞭望台。当他们抵达营地穹顶之下的时候,又有一扇内部大门打开了,容许他们通过,然后在他们身后缓缓合上。卡车停在了一个黑暗的水泥停车场里。

士兵们用枪指着俘虏们,要他们排成一队通过检查手续。玛莎每走一步,都觉得下一刻就会有人跳出来指认她的身份。毕竟她是玛莎·琼斯。玛莎·琼斯。恶名昭著的玛莎·琼斯。

然而,出乎意料的是,没有人来取她的指纹或是扫描她的视网膜,没有人照相,甚至没有人问起她的名字。每一个俘虏都被直接带了进去。她恐惧地意识到,在士兵眼中,俘虏们根本就不是人。他们只是奴隶罢了,是炮灰,是注入这庞大工厂的涌动血脉之中微不足道的血细胞。

警卫们拿走了她的背包。那是她最后一次见到它。里面并没有装什么东西,大多只是一些生存必备的工具,比如望远镜、火柴和驱赶恶犬的哨子。然而,在背包的侧兜里,却保存着一些她踏上旅途以来收集到的无价之宝:她与马修和伊夫斯在瑟科特一起照的拍立得照片;一个卢布尔雅那女人送给她的圣克里斯托弗徽章,那个女人为了保证玛莎能活下去牺牲了自己的性命;科尔波夫送给她的银质伊斯兰小吊坠;凯尔文准将在另一个"柯萨斯山"指定地点送别时强行塞进她手心的、有些滑稽的幸运兔脚[1],他告诉她那是父亲留给自己的东西;还有一枚小小的塑料胸章,上面写着"太棒了!我满九岁了!"。

讽刺的是,警卫们并没有取走她脖子上挂着的钥匙,或是杰克那个装在皮革套里、绑在她手腕上的时空调制器。只有博士才能让时空调制器起效。而且,显然,那把曾经为她打过无数掩护的钥匙也已经失去了它的神奇力量。

她分到了一个陈旧的床位、一只肮脏的食盆和一根带颜色的腕带,以此标示她所从属的工作与起居单位,还有一张用八种不同语言写着她的工作时间与任务的纸片。

"赤"工厂劳改营是主楼穹顶之下单独搭建的一栋又高又大

---

1. 在北美民间被视作一种护身符。

的宿舍楼。大楼一层有自带的淋浴间，而这些淋浴间正上方尽是打开的栅栏，无数铁笼像是密集的脚手架一样紧紧挤在一起，笼子里是金属的支架床。这里没有任何隐私可言。每天都有成千上万的男男女女被塞进这座笼中之城，举目所见全是其他人囿于囹圄的悲惨生活。阳光从营地穹顶之中星星点点地洒下来，化作灰色的暮光。

玛莎的腕带表示她的编号是"赤/青/十/十五"。"赤"工厂劳改营，"青"区，第十层，十五号床位。

她花了半个小时才找到自己的起居之处，把铺盖整理好。当下的情况令她感觉怪怪的，极度不适。在习惯了六个月的隐匿生活后，突然间大家都看得到她了；并且，在这一群大部分都由日本人组成的俘虏之中，她作为一位年轻的黑人女性，显得格外突兀。

她还没来得及爬上床，就听见号角声大作，电子笼门轰然洞开。

"γ工作组！"扩音器喊道。

她看了看自己手里的纸条，那正是她的小组。她站起身，随着其他人一起涌出了笼子。

他们排成队，被一路带到了"白"工厂——那两座巨型圆顶建筑之一。

这里的密集重工业结构令玛莎惊叹：流水线一层接着一层向上延伸，每一层都有几千个工人在忙着制造。玛莎被分配到了十九号甲板。被她替换的那个女人从甲板上下来的时候，看上去累得快要死了。

玛莎仔细地研究了一下手里的纸片。工作看上去非常简单。传送带会将电路板源源不断地带到她身边，而她的任务就是将两块芯片焊接在正确的位置。她可不能指望传送带的速度。一个警卫对她大吼，说她动作太慢了，耽误了工作的速度。在大量机械性的重复工作之后，她的手也开始疼了。嗞嗞！嗞嗞！下一个……嗞嗞！嗞嗞！下一个……

正在她考虑要不要将芯片故意焊接在错误的位置时，她看到两块甲板开外的下方，有个男人被警卫从流水线上拖了下去，当场处决了，罪名是"消极怠工"。

嗞嗞！嗞嗞！下一个……嗞嗞！嗞嗞！下一个……

当玛莎的轮班终于结束时，她已经累得彻底麻木了。她的手遍布血痕，满是割伤和焊接造成的烧伤。替换她的工人到来之后，警卫们就将她的小组押回了宿舍楼。她无从判断他们究竟工作了多久。看守的人递给他们瓶装水，又把面条汤倒进他们的食盆中。

她回到了自己"赤/青/十/十五"的床位。她右边的床位上坐着一名中年日本妇女，正在为她死去的儿子哀泣。她左边的床位上则是一个青年，累得全身都在发抖。

"我们要死了，"他一直在不停地嘀咕，"我们都要死了。"

玛莎想要安慰他，想和他聊聊天。她知道此时此刻，她应该开始讲故事才对，来鼓舞身边人的士气。即便现在身陷囹圄，她也要继续完成她的重大工作，可是她真的太累了。

令她最终失去意识的不是睡意，而是深深的疲倦。

第二天还有第三天都和第一天一模一样。玛莎在流水线上做工的能力明显进步了，足以让她的速度过关，可是每当她走下自己的岗位时，都会累得连一句话都说不出口。

"你从哪里来？"她左边床位的青年一直在问她。

"我从所有地方来，"她梦呓般地说，"我要睡觉。"

她的手又酸又痛，布满伤痕。她早已分不清白天与黑夜。营地中弥漫着越来越浓的恶臭。不断有人因过度疲劳或是营养不良而死去，尽管这里的垃圾处理系统十分落后，但起码警卫们还会把尸体从宿舍里拖出去。

玛莎在半睡半醒间思考过为何她的感官屏蔽器会失效。它是否只是耗尽了能量？

有时候她会听见号角吹响的声音，这代表新一批奴隶刚刚抵达了"赤"工厂劳改营。在玛莎来到这里三天后，她就看见了一群新的奴隶正通过检查。

"肯定出错了,"一个壮硕的高加索人在努力对警卫解释,"你们看看我的身份证明。好好看看!"

"没有错。"警卫说。

"我的老天爷!"男人大吼道。警卫们手中的枪在第一时间对准了他。

一个星期过去了。玛莎几乎已经完全忘了阳光的模样。她变成了机器人,极其擅长工作。焊接机戳两次,下一个,焊接机戳两次,下一个……

"我们还会再看到外面的天空吗?"她左边床位的青年问。玛莎已经知道他的名字叫作仁。

"会。"她点点头,只想马上睡觉。

"真的吗?"她右边床位的中年女人问。她的名字叫户神。

玛莎叹了口气。她已经筋疲力尽,但是她依然努力打起精神。

"仁?"

"怎么了?"

"把所有人都叫来,附近床位还醒着的人都可以来。我想给大家讲一个故事。"

"一个故事?"户神在栅栏的另一边问。

"我太累了,只能讲一次,但是我保证故事会很精彩。"

仁召集了大约三十个人围在玛莎的笼子旁边。

她坐起身，努力克服着极度的疲惫，缓缓开口："请好好听我讲。我不知道我还能这样撑多久，但非常重要的是……"

冰冻废土

罗伯特·希尔曼

在玛莎·琼斯四岁的时候,她摔断了手臂。那时她正在公园里和哥哥一起玩儿,荡秋千的时候稍微激动了一点,身子就直接从座椅上飞出去了。有那么一刻,她确实是在飞翔的。玛莎爱极了那个过程,她像宇航员一样不断向上、向上,尽管可能只有短短一秒钟而已——紧接着,重力、大地、泥土就一起袭来,还有清脆的骨裂响声。

"不是我的错,"莱奥说,"她一直叫我推得再用力一些。"说完他就哭了。

玛莎觉得她其实也应该哭的——毕竟她才是受了伤的那个人。但是一辆车正拉着她去往医院,就好像在冒险一样,兴奋感击败了想哭的冲动。

"别担心,"医生说,"你们看,断口很干净。"他把X光片给琼斯一家看。

片子上显现出来的物体奇异极了,像是个幽灵一样。玛莎问医生,那是否真是她的手臂?

"血肉下面就是这样的。"医生对她微笑着解释道。

下面。听上去就像是个秘密的世界,一直隐藏着,直到这一刻才对她显露真容。

医生说她的手臂必须打一段时间的石膏,"给你的骨头留出足够的时间,它们会自己愈合的。"

"你的意思是,"玛莎有些激动,"我的手臂会自己治好自己?"

医生点了点头。"你会没事的。"他说,"你真是个勇敢的孩子。"

玛莎想对他解释,她刚刚的举动并非出于勇气,而是好奇心——但是医生对她这么温柔,她可不想显得没礼貌。

"长大之后,我也要当医生!"玛莎在吃晚饭的时候对父母这样宣布道。他们笑着点了点头,并没有过多地关注这句宣言。他们单单只是庆幸,骨折的意外并没有影响玛莎的情绪。

但她是认真的。那年的圣诞节,她收到了一个玩具听诊器,装在一个塑料盒子里,盒子上画着一个小男孩,正在努力扮成专业医生的样子。听诊器并没有实际的作用,这让玛莎非常失望。她父亲买给她的护士服倒是实用多了,而且包装盒上画着的也是个女孩子,不过玛莎觉得护士服有点无聊。除此之外,就是书了!——那么多的书,每一本都在讲人体是怎么工作的,讲了心脏、肺和血细胞的作用。当玛莎进入青春期的时候,她学校的所有朋友都在卧室墙上贴了乔治·迈克尔的海报,她的墙上却贴满了人体骨骼图,每一根骨头旁边都有小小的箭头,指向它们各自的名字。她母亲觉得稍微有点不堪入目,不过至少比莱奥屋里的海报要强一点——他那时候正疯狂迷恋铁娘子乐队。

每个夜晚,被愈发深奥复杂的人体结构书籍簇拥着,在骨骼静默地注视下,玛莎都会做梦,梦见自己成为医生的样子。

在这世界上,孩子做的每一个梦,都是独一无二的。

然而,成年人的梦却并非如此。他们的噩梦里满是抵押贷款、网络购物和公开演讲。孩童尚未长大成人,还不相信想象力终会受限的谎言,因此在入夜之后,有多少个孩子,就会有多少场不同的神奇冒险。其中,皮埃尔·布鲁耶就是这样的一个孩子。从1868年他满六岁起,这个住在巴黎郊外的小男孩开始梦到白色。这样的梦从此以后就没有断绝过。每次他沉入梦乡,白色都在那里等着他。他倒没觉得这样的梦有多么古怪,只是有些时候白色太亮、太刺眼了,令他醒来后依然感到头痛欲裂。

他的父母也不是什么复杂的人。他们家开着一间小小的面包坊,父母只会梦见牛角包和小圆包。"你可能是个色盲,"他的父亲说,"可能你只是把黑色当成了白色而已。我也不知道。"

皮埃尔告诉他,梦里的可不是普通的白色;那种白色有时候还有不同的色差,上面甚至偶尔还会出现裂纹。父亲对此一言不发,只是找了个机会,带皮埃尔去看医生。

这位医生确实曾经听某些有钱有闲的医生说过,病人做的梦可能是有意义的——不过,这种问题还是留给他们去操心吧。这位医生只是个粗汉子而已,他对皮埃尔说,梦就是梦,人是无法控制的。"梦要么自己消失,"他说,"要么就不消失——你也没辙。"

皮埃尔告诉医生他不想要那个梦消失。"我喜欢白色,"他充满自信地小声说,"感觉很神秘。"

皮埃尔十五岁的时候,巴黎有个展会;罕见地,全家决定一起进城看展。那时,北极洲探险尚未做出什么成果,甚至都没人到达过北极点,但极地依然对人们有着致命的吸引力——在布鲁耶先生眼中,仿佛全体法国人都堆在这里,争先恐后地看照片。

"看上去很冷,"皮埃尔的母亲指出了一个显而易见的事实,"一点都不舒服!"

皮埃尔仔细地看了每张照片。他看到了荒漠,看到冰与雪之间的缝隙里露出大海,在单调的白色之中令人眼前一亮。他盯着照片看,完全挪不开眼睛。只有当后面排队的人等不及开始推推挤挤的时候,他才会不情愿地向前走。

"我一直梦到的就是这个。"他对父母说。

"你一直都梦见这些照片?"

"不是照片,"皮埃尔不耐烦地说,"是照片里的那个地方。

每当我闭上眼睛,我都会看见这个地方。我要成为一名北极探险家。"

他的母亲善意地指出,去北极探险实在是太危险了,在家烤面包则要安全得多。然而,皮埃尔的意志十分坚定。

一年又一年过去了,在皮埃尔眼中,好像所有人都想抢在他前面踏上北极点。那些人乘船(船沉了)、徒步(脚冻伤了),还发明了一种华而不实的新玩意儿,叫滑雪板。每一次那些探险家失败,皮埃尔心中都不禁涌起一阵释然。征服北极点注定是他一生的功业;他深知他就是为此而生的。一开始,每当他发现自己在听说北极洲发生灾难或有人伤亡的时候窃喜,他心中都充满了可怕的负疚感。到后来,他就没空再感到愧疚了。他的脑子已经被他自己要做的事填得满满当当。1890年的时候,他终于得以在伦敦的国际地理大会上发言。他很不适应公开演讲——从小到大他都很孤僻,不爱交朋友——因此,当他开口对委员会讲话时,他一直在不停地发抖。

"热气球,"他说,"我要乘坐热气球征服北极点。"

房间里闷热浑浊,每位演讲者都讲得很冗长。玛莎不管多努力地听着,还是忍不住睡过去了好几次。博士捅了捅她,"我们就是为了这个来的。"他小声说。

"北极洲根本没有企鹅。"博士说。

有一群人来给他们送行，旁边还有专为游客设置的小摊，在卖各种各样的纪念品。北极探索一直是个热门话题，伦敦的报纸谈论起北极洲探险季来，简直就像谈论皇家赛船会一样乐此不疲。然而，布鲁耶的热气球却引发了更多的热情。大船确实很好，很结实，而且还天生就有种贵气，但是船绝对没有热气球那么漂亮。热气球起航的时候会将绳子扯得笔直，乘风而去，世界在它脚下就仿佛是个巨大的儿童玩具。

"真大。"玛莎第一次见到热气球的时候，对博士这样说。那个气球通体茧绸——世界上最轻、最坚韧的材料——正悬在她上方。不过，当她爬进筐里时，气球看上去就没有那么大了。

突然间，他们就获得了自由。气球升空了。在玛莎看来，与其说他们是正在移动的那一方，不如说是地面在她脚下渐渐撤离了，一切都在变小，包括那些写着"一路顺风"的牌子和那些挥手欢呼的人，他们手里举着旗子、塑胶做的冰山，还有——没错——发条企鹅。

"企鹅是南极洲的，"博士说，"他们彻底搞错方向了！"玛莎真不敢相信博士还在唠叨这件事。

博士刚刚叫玛莎仔细听，她便集中了注意力，聆听皮埃尔·布鲁耶在地理大会上的发言。当他渐渐进入状态之后，就忘记要紧张了。他解释说，乘坐狗拖雪橇在几个月里行走的路程，对于热气球来说，基本上只需要几天而已。他已经不再焦虑地绞着双手了。每次他说到重点,都会紧握拳头,好像要对着空气揍一拳。

"他说得倒是挺有道理。"玛莎小心翼翼地说。

"哦,他很棒,"博士说,"最打动人的地方就是他的别出心裁了。那么多人都想探索北极,而这个男人却能脱颖而出,另辟蹊径。我最喜欢另辟蹊径了。不过,他的方案只有一个问题——呃,一个大问题。当然,除此之外还有很多小问题。"

"小问题是什么?"

"是这样的。首先,气球是不能被驾驶的。你确实可以靠绳子来稍微掌控一下方向,比如说你想往哪边走,就把绳子从筐的哪侧丢下去,不过想用这招去对付北极的大风……我觉得不可能,你说呢?除此之外,就是气球里的氢气。在那样的低温环境下,你只能依靠太阳。阳光好的时候,氢气扩张,气球还能升起来;如果突然多云,那就糟了,你只能乖乖地落下去,无计可施。最后,还有气球本身。几千张绸布缝在一起,每一个针孔都是一个漏气点,相信我,一定会漏气的。"

"听上去可不像是小问题。"

"不,"博士说,"这些问题确实很小。"

"你们构思、实践了各种各样的方法,"皮埃尔继续说道,"所有的方法都失败了。你们还要让多少人去白白送死?反之,如果采用我的热气球方案,那么会冒生命危险的只有我而已。除我之外,还有两位需要和我一起操控气球的队员。这是通向胜利最便捷、最安全的道路。而且，就算我死在途中，"他耸了耸肩，"至少我不会死得浑浑噩噩。至少我不用把余生都耗在一家面包店里，抛弃我的梦想。"

一片静寂。玛莎趁着这个机会赶紧对博士耳语道："好吧，那你说的大问题是什么？"

"是这样，"博士说，"他失败了。1890年四月，他和队员一起乘坐热气球起航，然后就彻底失去了音信。"

"但是，博士，"玛莎说，"现在是1890年六月。"

"是啊，"博士说，"很古怪，是不是？我们面前站着的是一个已死之人。只不过，他好像浑然不知自己已经死了。"

相对其他的死人而言，皮埃尔·布鲁耶看上去可是太过生动了。"先生们，你们误解了我的意思，"最后，他激愤地说道，"我并非来征求你们的同意。我只不过是来阐述我的计划。我已经筹到了钱。我已经找到了队员。一旦时机成熟，我们便会立刻向着北极出发。祝好！"

玛莎盯着博士。他对她笑了。

"好啦，"他说，"我明白，我明白。但这种另辟蹊径真的太令人欣赏了。"

之后，博士把玛莎介绍给了皮埃尔。他郑重地与她握了手。"但愿这一路上你的医术不会派上用场，"他严肃地说，"可是我们无从得知,在那样一个陌生之地,会有什么样的新型疾病在等着我们。"

玛莎很惊讶,他竟然没有针对她的性别做出任何评论。他迫切地想要踏上旅途,一直在喋喋不休:"我不关心你的性别。你只要工作能力过硬就足够了。琼斯医生,我们要去的可是北极点。与其关注你的性别和肤色,还是关注北极要有意义得多。"

"我不喜欢他。"玛莎对博士说。

"他确实有点'冷'淡。"博士同意道,"不过,想想我们的目的地吧,那倒是和他的性格挺契合的。"

自从气球起飞,布鲁耶就没有再说过一句话。在过去的三个小时里,他一直在笔记本上奋笔疾书。那里面即将记录下这次探索的每个细节。他解释道,那些记录比队伍里的任何人都更重要。在这场艰苦的探索中,他们的肉体或许会消亡,但只要一切见闻都被记录下来了,那他们就相当于获得了永生。写了半天之后,他终于搁下笔。"该吃饭了。"他说。

在气球筐里不许动用明火,因为他们头顶就悬着可燃的氢气。为了解决这个问题,布鲁耶在筐下大约三十英尺的地方挂了一只小炉子,可以通过远程控制点燃或是熄灭。炉子旁甚至有一面以特定角度倾斜的镜子,坐在筐里的人只要探出头去,就能看到煎蛋是不是做好了。

"我早就跟你说过的,"博士说,"真是太棒了。"

布鲁耶端上饭菜，他们便开饭了。

"先生们，"皮埃尔终于开口道，"我们是最幸运的人。我相信，不管有没有我们的贡献，终有一天都会有人发现北极点的。或许在十年之后，地球上的每一个地方就都会被标上地图，我们就再也不需要探险家了。那个时候，如果人类还想探索未知，就需要把目光转向天空，凝望天体。我们是受到眷顾的一代。我们生逢其时，我们依然可以成为第一个。"

玛莎之前从未见过皮埃尔微笑，但他突然就笑起来了，一下子显得年轻了好几岁。即便他满脸胡须、头发灰白，看上去也像极了一个迎接圣诞节清晨的小男孩。

"我们已经踏上征途了。"他说，然后紧紧地拥抱了玛莎和博士。

回首望去，玛莎觉得他们三人终于成为团队的那一刻，是旅途中最快乐的时光。他们一起唱起了歌——博士笨拙地唱起甲壳虫乐队的经典歌曲，而皮埃尔则轻轻地唱起了一首法语歌，幸好塔迪斯很识时务，没有把内容翻译出来。所有人都趴在筐边，凝视着脚下绵延的冰海。玛莎惊叹于眼前的景色，风可以将一蓬蓬雪在冰面上吹散，望去好似波浪一样起伏。皮埃尔用六分仪核对了一下，然后宣布说他们仅用十二个小时，就超越了南森探险队整整两个月的进程。所有人都为这个喜讯欢呼起来，博士给每个人倒上咖啡,他们便举杯相庆。皮埃尔吮吸着烟斗。"我不能点烟,"他说,"不过装一装样子还是可以的。"

他们安排好了值班和睡觉的排序表。玛莎是第一个睡觉的。脚下的雪那么亮,心情又是那么激动,她本以为自己绝不可能睡着,但当她靠着筐边闭上眼睛的时候,她立刻沉入了梦乡,甚至不知道自己是怎样睡着的。

玛莎梦见她成为一名医生,那就是她在这世界上最想实现的梦想。没有人能阻止她,游乐场里别的女孩子不行,总爱嘲弄她的莱奥也不行。每夜每夜,在她关灯睡觉之前,她都会仔细观察卧室墙上那张人体骨骼图。她看得那么专注,那些骨骼的名字都会出现在她的梦境之中。等一等,玛莎忽然想,我不需要再做梦了,因为我已经成为一名医生了!——但是她低头看了看自己的双手,却发现它们是那么稚嫩纤小;她发现自己只不过是个孩子罢了,那些梦想对她而言就像是隔着一整个世界那么远,她到底要怎样才能实现它们呢?突然间,她又发现自己正在考试,有个老师在提问,给她的回答打分。我还没到考试的年纪,玛莎说。主考官只是笑了笑,说:"给我讲讲那些骨骼都是怎么回事吧,玛莎。给我讲讲你的渴望和梦想。"于是她便开口说话了,膝盖骨、胫骨、腓骨……"继续说。"老师要求道。锁骨、肩胛骨、肱骨。老师向后仰头,发出轻柔的咕噜声。玛莎觉得一位老师做出这样的举动未免有些奇怪。尺骨、桡骨……"玛莎,这里太冷了，我只有饱餐一顿才能暖和起来。"骶骨、尾骨。老师的头向着玛莎倾过来，她猛地睁大眼睛，玛莎突然发现老师的眼睛里只有一片坚冰，就像气球下的大海一样万年封冻……

对了，气球。博士正在摇晃她的身体，"玛莎，快醒醒，出问题了。"他并没有停下手头的活儿，而是像旋风一样在筐里跑来跑去，把他能找到的一切东西丢出筐外。玛莎迎着炫目的阳光眯起眼睛，发现皮埃尔也在做同样的事情。

"我们还在降落！"皮埃尔喊道。玛莎踉跄着站起身，可她发现保持平衡变得困难极了——她能感觉到脚下的筐正在下降，和气球一起坠落。她四处翻找，抓住了之前用来烧水煮咖啡的平底锅。当她把锅子丢出筐外时，她看见大地正在迅速向他们逼近。她判断不出地面究竟有多远，只能看见气球被拉长的影子隐隐约约地映在雪地上，像是一抹黑渍。

"出什么事了？"她喊道。

"我们丢掉了所有的非必需品！"皮埃尔迎着下坠时的狂风大喊，"现在该怎么办？"

"把必需品也丢掉。"博士说。他抓住了一个沉重的食物补给箱。"帮帮我！"他喊道，玛莎便抓住了箱子的另一边，两人齐心协力，一起跌跌撞撞地把箱子抬到了筐边。他们摇晃着，看上去就好像在跳某种荒唐的舞蹈。紧接着，博士大喊："动手！"他们便抬起了箱子，把它扔了出去。

"别扔掉食物！"皮埃尔面如死灰，"不要！"

他迅速抓住第二个食物补给箱，将它拖到博士够不到的地方。

"你感觉到了吗？"博士问，"你感觉到发生什么事了吗？"

玛莎明白他的话是什么意思，因为他们下坠的速度明显减缓了。"它希望我们把食物都丢掉。"博士说。

"这里唯一的作用力就是重力。"

"我说的不是那个作用力，而是让我们继续飘在空中的作用力。要不然我们早该撞到冰上了。"

筐底撞上了冰凌，雪屑洒了他们一身。这次撞击让他们都跌了跟头，也把气球向上弹了弹。"下一次我们的筐就要翻了，"博士说，"我们别无选择。"于是，他们把剩下的三个食物补给箱都一起扔出了筐外。

就在那一刻，气球停止了挣扎，仿佛他们刚刚按下了什么写着"终结危机"的按钮。气球就仿佛在对他们说，哦，你们希望我上去吗？小意思！紧接着，气球带着一种几乎要让玛莎发笑的淡定，开始再一次向上徐徐升起，平静又懒散。他们迅速升高——玛莎眼睁睁地看着那些他们丢下去的食物补给变成雪地里蚂蚁般的小黑点，然后再也看不到了。

"我们活下来了。"她说。虽然这个事实显而易见，但是必须得有人说出口才行。

"不管这个东西是什么,"博士说,"我们的命全都捏在它手里。"他盯着眼前那片白茫茫的极地废土。

有一天,皮埃尔从六分仪上抬起头来,清了清嗓子,然后正式宣布他认为他们已经快要抵达了:"先生们,在我们脚下,就是北极点。"

玛莎不禁望向筐外。她知道这个举动毫无意义,也不会使她看到什么异样的东西。无论天上地下还是四周,都只有一片白。几周以来,除了白色之外,什么都没有。

"你觉得呢,博士?"皮埃尔问。但是博士已经有很长时间没有讲过一句话了。

一开始,博士还是往常那副活力满满的样子。"我们必须活下来,"他对大家说,"那才是最重要的。把所有可以丢下去的东西都集中放在一起,这样如果我们再次下坠,就有了准备。"在他将最沉重的物品——雪橇、科学实验器材——全都贴着筐边摆放,以此保证方便的时候,玛莎甚至觉得他都有点享受这个过程了。"我们要做好准备,把大部分东西都丢掉。"博士说。

他将皮埃尔的笔记本拿在手里,但是那位探险者却赶紧夺了回去。"这个不行。"皮埃尔说。有那么一瞬间,博士看上去仿佛要和他争辩,但博士最终还是点了点头,同意了。"好的,那个不行。"他答应道。

他们一直在注意保暖,也按计划规律地睡觉和值班。不过,就算是值班,其实也没有什么可看的。玛莎待了几个小时之后,就开始觉得四周那片几近虚无的白色开始令她有些发盲了。当然,已经没有食物了,博士交代大家只能去尽力适应。第一天,玛莎一点都没感到饿,她以为是自己太害怕了。又过了几天,她就没再考虑过食物的事情;在第一个星期结束的时候,她甚至忘了还有饿这回事。偶尔她会恍惚地想起——她是不是忘记了有关食物的什么事情?比如说,她该进食了——这个时候她就会一个激灵,想起她早就该挨饿了。是那种真正意义上的挨饿。可是紧接着她就又会陷入之前的那种恍惚之中,她脑海里有个微小的声音在告诉她,不必担心。那好吧,她便回答了那个小声音,放纵自己睡去——如果真的出了什么问题,博士会打理好的。

有时候玛莎的梦是平静祥和的。她醒来后不会记得梦境的内容,但她知道那些梦全然属于自己,而不是他人。然而,更多的时候,那位主考官会突兀地打断她的梦,"别再梦见你在百慕大度假的事儿了,"她说,"也别再梦见你七岁那年的圣诞节,或者是你跟莱奥纳多·迪卡普里奥的约会了。给我讲讲骨骼的事情吧,玛莎。这里太冷了。我必须要饱餐。给我讲讲关于骨骼的所有事情,讲讲你为什么这么热爱它们。"

当大家再也没有歌可以唱的时候,就开始分享自己的梦。玛莎对博士和皮埃尔说了她是如何从小就想成为一名医生的。皮埃尔也讲了他梦见白色的事情。

几周以来,博士都很少关注任何事情,玛莎甚至都有些担心他了——可是突然间,他对皮埃尔的话产生了浓厚的兴趣,"只有白色?真的吗?"

"但是当我们在这里的时候,"皮埃尔说,"和白色在一起……有时候,我就会梦见其他的东西。"

"什么样的东西?"

"就是其他的东西,"皮埃尔耸了耸肩,"白色之外的东西。就好像我终于获得了自由一样。这让我感觉很轻松。"

皮埃尔不愿再说下去了,他只想睡得越久越好。每次他睡觉,脸上都带着一抹笑意。他看上去那么平静幸福,让玛莎都感觉有些嫉妒了。而当他醒着的时候,他就会不断地在笔记本上涂涂写写。玛莎不知道有什么可写的。他们身边根本就没发生任何可供皮埃尔写出来的事情。但他还是坚持要写,用手臂挡着纸页,好像小学生生怕别人要抄他的作业似的。

"博士,你会梦见什么?"玛莎问。

"我从不做梦。"他简短地说。

不过有一次,在皮埃尔睡去之后,他还是告诉了玛莎。

"在旧地图上,你会看到这样的字眼:'恶龙出没注意'。当然,地图的意思不是说那里真的有龙,只是说那些地方从未有人去过。人们不知道会在那里找到什么,因为一切皆有可能。像皮埃尔那样的探险家，他们不满足于这样的答案。他们一定要不停地扩张已知的边界，永远不会就此罢手、不会说出那一句'这样就够了'。他们永不知足。可是，"他说，"万一当你真迈出了那一步，到达了未知之地，却发现那里确实有恶龙在等候呢？"

有一天，皮埃尔从六分仪上抬起头来，表示他们应该马上就抵达了，"先生们，在我们脚下，就是北极点。博士，你怎么看？"博士只是严肃地望着他。

"你怎么知道？"玛莎问，"我们甚至连陆地都看不见。"

"在过去的两个月中，我们一直都在以稳定的二十节速度前进，走着一样的路程，风速也毫无改变。"

"等等，"玛莎说，"过去的几个月？你以为我们走了多长时间？"

皮埃尔皱了皱眉头，"四个月，或者五个月。你觉得呢？"

玛莎几乎要笑出声来，"太荒谬了，最多半个月而已！"

"博士，你怎么看？"皮埃尔又问了一遍。

玛莎也望向她的老友，"是啊，博士，我们到底走了多久？"

博士舔了舔嘴唇，安静地开口道："已经过了几年的时间。很多很多年，我已经数不清了。那么多的时间……我努力不把最坏的情况展现在你们眼前，因此耗费了很多精力。对不起。"

他的两位同伴呆呆地看着他。

"一生的时光，都耗在了这个筐里。可是……"他一边说着，一边拿出了音速起子。玛莎从未如此庆幸看到它,它是那么熟悉,给人以安全感。博士用它指着筐外。一道蓝光撕裂了白色,在它燃烧着向下袭去的时候,光芒并没有丝毫减弱,而是一路照亮了途经的所有地方。在他们下方几百英尺的地方……有一些轮廓……是的!玛莎能看见雪地了。还有冰川。还有他们丢下去的食物补给箱。

"可是,"博士继续说道,"时间根本没有流逝。"

"它们甚至没有结冰,"皮埃尔低声说,"它们本该在几分钟里就冻得结结实实。"他抬头凝视着博士,脸色铁青,那一刻玛莎真觉得他会跳起来揍博士一拳,"这不可能!我们下面绝对就是北极点!必须是这样的!我也会在我的笔记本里这样记录!"

"你的笔记本除了谎言之外,一无所有。"

然而皮埃尔还是怒气冲冲地走到笔记本前面坐下来,拿起了笔。

"博士,它是什么东西?"玛莎问。

"它会扭曲时间。"博士说,"一遍遍循环同样的几秒钟。我们真的被冻结在时间里了。这就像是个完美的冰箱,里面的肉总是新鲜的,而且取之不竭。"

皮埃尔说不出话。他想开口,可是所有的字都卡在了喉咙里,他的嘴只能像金鱼一样无力地开合。他只能呆呆地把笔记本递给博士。博士看了看。每一页都写满了字。每一页都曾被一遍又一遍地涂写过，一篇日记覆盖在另一篇之上，直到所有的字都糊成一大团墨黑的污点，什么都辨认不清。

"我不认为这是你第一次来北极探险。"博士说。他把笔记本递给皮埃尔，可皮埃尔只是随手将本子抛在了地上，"让我们看看究竟怎么回事吧。"

他把音速起子高高举起，按了一下。几声轻响，他们头顶巨大的氢气球轰然炸开。一股氢气猛地窜上冰冻的天空，密度大到就连玛莎都能看见它的形状。紧接着，保证他们可以继续飞翔的丝绸罩子落了下去，迅速消失在一片苍白中。玛莎准备好了迎接下落和无法避免的坠毁——但是，荒唐的是，他们只是在半空中悬停着而已。她低头，大地还在那里，在无法触及的地方，固执地不愿遵从物理定律。然后她又抬起了头。

她已经好久都没有仰望过天空了，因为气球就是她的全部天空，它遮住了上面的一切景色。现在，眼前一览无余的景象令她目瞪口呆。博士和皮埃尔脸上也是一模一样的神色。

他们并不孤单。

气球。起初玛莎以为要有几十只，这已经很不可思议了——但她紧接着就看见，在那一层之上还有一层，再一层，无尽地向上延伸。天空中足足有几百只气球，或者几千只，像是一支遮天蔽日的舰队。

可这还不是最古怪的事情。

"那些都是我的气球,"皮埃尔说,"一模一样的徽记,一模一样的设计……"他的声音戛然而止,因为他不敢再说下去了。他知道,如果他把后面的话说出口,他的世界观大概也会随之崩塌——因为在那些气球里,还坐着一模一样的皮埃尔,站在每个气球筐的边缘向外眺望,身边也有两个不同的队员。

"我做了什么?"他听见自己的声音问道。

"应该是它对你做了什么才对。"博士纠正道,"它把你困在了死循环里。每一次你都带着队员出行,每一次它都会把你送回一切的原点,寻找新的队员。同样的北极探险一次又一次地上演,每一次都注定着失败。"

"但是为什么?"玛莎问,"它为什么要这么做?"

"它能做的事情只有进食,"博士说,"仅此而已。所以,它才是人性的相反面。因为人类都会有梦想、有欲求、有探索的冲动,想去追求高于自身存在的意义。人的野心——它正是以此为食。它吃下去的正是人类理智与情感背后的动机。多么可憎啊!"他转向了皮埃尔,"它已经侵入了你的梦境之中,控制着你去成为一名探险家,令你饥渴难耐,一次又一次地来到这里。"

皮埃尔的脸上尽是痛苦之色,"你的意思是,我起初想要探险的那份冲动……想要为人类认知添砖加瓦的愿望……甚至都不属于我自己?"

博士什么都没说,因为他也没有答案。

皮埃尔战抖着,他看上去仿佛马上就要昏倒了,只能抓着筐边稳住身体。他抓得更紧了,指节发白,然后他对着冰冻的废土大吼起来。

"我一直都想成为一个特殊的人……"冰风扑向他的脸,他的双眼因为刺痛而满含泪水,"来啊,"他说,"现在就冲着我来啊,看着我的脸亲口告诉我,我并不特殊!"

头顶气球的皮埃尔·布鲁耶侧了侧头,看上去像是在思考一样。然后它耸了耸肩。它坐在气球筐边,双腿甩出筐外,然后一点点爬了下来。很快,它就只靠指甲挂在筐上了,悬在真正的皮埃尔·布鲁耶头顶大约九米的地方。它向下张望,在看到相隔的距离时烦躁地咂了咂嘴。紧接着,它的手指甲忽然变长了,像是弹性皮筋一样猛然拉伸——只不过,它并不是真正的弹性皮筋,而是冰。它的手指甲变成了十根长长的冰柱。假皮埃尔轻轻地降落在他们的筐里。

"我身上有多少东西是属于我自己的?"一个皮埃尔勇敢地质问另一个,"我究竟有没有可能成为伟人?"

他的双生子身上布满糖霜般的冰花,头发在头顶冻僵了,牙齿不住地打战,眼睛里却有铁一样冷硬的光。"我好冷啊。"这个皮埃尔说道,语气近乎充满歉意。他用一种几乎可以称之为温柔的动作,将手抚上了另一个皮埃尔的脸颊,然后瞬间吸走了他的生命。

"我想,该我出场了。"博士说。

那个像是皮埃尔·布鲁耶的怪物从那具他刚刚造出来的冻僵尸体上转开了眼睛,望向博士。

"我曾感觉到你在我梦境的边缘试探。你很想知道我的梦里都有些什么,是不是?你想了解我的渴望和欲求,了解我探索过的地方。"他走近了,皮埃尔宛如冰封的脸上没有一丝表情,"我横渡过西北航道,踏上过月球,到访过火星、金星,还有那些你需要长着三个舌头才能叫出名字的星球。我曾在千年前就到灰飞烟灭的、熊熊燃烧的星系旁边安然饮茶。而我的旅途还远未结束。远未结束。所以,如果你想进食,那你最好有个好胃口。"他没有再等待,而是径直攥住了皮埃尔的双手,按在自己的脸颊上,然后紧紧地把它们扣在那里。

白色变暗了,转成了红色,最后变成了瘀血般的紫色。"感觉得到吗?"博士喘息着说,"那么多的梦,你永远不会知道,更不会了解。"

然后他喊出声来:"玛莎,我错了!我以为我可以削弱它,填满它,让它受不了自己爆炸。可是它真的太冷了,太饿了!"

玛莎没有迟疑。她迅速地把自己的手也按在了博士脸上。她感觉得到触及之处有多么寒冷,她自己的手则是那么的温暖。她更用力地按了下去,直至她感觉自己也触摸到了博士身上的暖意。她知道,在博士身体里的某一处,必当埋藏着暖意。

"我也去过月球,"她对着皮埃尔当面斥道,"虽然相比之下我没有在那么多星系旁边喝过茶,不过我也是去过一些的。但探险从来不是我的梦想。我不是什么探险家。我只想把人们都好好修补起来,使他们完好如初。"

博士和玛莎就那样站着,紧贴在一起,拥抱着对面的怪物。一声钝响,仿佛足球掉在了厚雪里,时间忽地解冻了,向后猛然倒流,伤痕累累的天空轰然炸裂。

后来有一天,玛莎确实抵达了北极点。

"我们从没去过那里,是不是?"博士问,"还有那么多事情要操心呢。不过,这个问题很好解决!"他在控制台上设置了一番,奋力摇了半天手柄,然后在一分钟后拉开了门。

"这里有点冷,"他说,"待不了太久。"

玛莎迈入雪中,紧紧抱着自己的双肩以抵御寒冷。她凝视着面前的白色,向着四面八方绵延的白色。

"这里只是个地方而已。"她最终说道。

"只是个地方而已。"博士赞同道,"有些时候,目的地本身远没有想要抵达的渴望那样激动人心。"他指了指她留下脚印的地方,"快看!现在是1890年左右。你是第一个在北极点留下脚印的人。玛莎·琼斯,一位先锋!"

她笑了。

"走吧。"他说。在他们离去之前,他小心翼翼地抹去了两个人的脚印,"我可不想毁了其他人的兴致。现在,咱们快去喝点什么暖和一下。"

他把塔迪斯带到了整整两百年后的同一个坐标上。这里建起了名为"北极体验"的互动博物馆,有许多可供孩子玩耍的展区,还有一间礼品店,里面满是写着"我到过北极点"的T恤衫和发条企鹅。

"我再说一遍,北极没有企鹅。"博士说。

他在博物馆咖啡厅里为两个人都买了要价奇高的咖啡。他们在观察厅里找了个好位置坐下来,透过塑料窗户凝望着这片曾一度是全世界最孤独、最荒芜的土地。

然后他把自己的梦告诉了她。在他的星球上,地图上永远不会有"恶龙出没注意"的字样。因为他的族人早就探索过整个宇宙,他们无时不在,无处不在。某一刻他们还在测绘星空,下一刻一切就终结了。这就是时空旅行。博士说,在他还是小孩子的时候,他曾想成为一名探险家。但是宇宙里已经再没什么可探索的东西了。别人告诉他,他就不该离开家——离家的意义是什么呢?但是他找到了意义。他找到了意义。每次他忘记了意义,他就会闭上眼睛,再度开始做梦。意义就在他的梦里。

当然，皮埃尔·布鲁耶永远没有抵达北极。他六岁那年，他对父母抱怨道："我从来都不做梦。每次我睡觉的时候，梦里都一无所有。"别人都会做梦，他究竟出了什么问题？

父母带他去看了医生。"做梦才讨厌呢，"医生粗鲁地说，"你不做梦更好。"医生心里感到很烦躁，因为这一家子居然用这点儿不值一提的小事来麻烦他。面包师的儿子，医生对自己说，就算做梦，又能梦见什么伟大的东西呢？

于是皮埃尔就开始在父母亲的小店里工作。他从来都不笑。

"带着一点爱去工作吧，"母亲温柔地建议，"我就是这么做的。"

但是皮埃尔不知道，那些牛角包、法棍和比利时小圆包究竟有什么可爱的。反正他永远都见不到比利时——就连从法国到比利时那点距离的探索，他都做不到。

有一天，皮埃尔正在做面包。他洒了些糖霜上去。他仔细看了看。还需要更多的糖，他对自己说。于是他洒了一层，又一层。那些小白屑覆盖了面包，覆盖了柜台，也覆盖了他的双手。他足足用光了三袋糖霜，把整个面包都埋住了。他不禁开始疑惑自己为什么要这么做。

可是那一夜，他又开始做梦了。他只梦见偶尔有白色一闪而过，宛如惊鸿一瞥，还有他可以过上的、截然不同的人生。于是他开始在工作的时候微笑了,心中期盼着干完一天的活,就可以赶快休息。偶尔他会突然得到灵感,在甜点上挤一层厚厚的奶油,看上去就像是盖了雪。还有的时候,他会做出气球形状的小圆包,那些面包又轻软又蓬松,好像真的可以像气球一样升起来,在空中自由地飘浮。

第十二章

玛莎神经紧绷,疲劳难忍,可是当发现她的故事依然在人群之中掀起了波澜时,她心里还是涌起了一股欣慰。

"他们今天晚上还想再多听一个故事。"仁透过栅栏的空隙对她说。

"仁,我不确定我能不能……"

"拜托了,玛莎。"

"我好累。"玛莎呻吟道。

"我们都很累。"户神说。

"你的故事已经传遍了整个'赤'工厂。"仁说。

"那好吧。"玛莎说。她在床位上坐直了,"我今晚再多讲一个故事好了,但你必须先保证,你要把其他区的人也带过来听我讲。我需要这些故事尽可能地传播出去,渗入人们心底。你明白吗?"

"好的,玛莎。"仁说。

玛莎重新躺回她的金属架子床上,想多睡半个小时。这时,她意识到有人正站在笼子门口的走道里。她猛然抬起头。

有个刀疤脸的结实男人正站在走道里凝视着她。正是这个刀疤脸男人，追着她一路穿过了欧洲和中东。

玛莎倒吸一口冷气，赶紧躲到笼子的角落里。

"玛莎？怎么了？"户神隔着笼壁问她。

"是他。是他！"玛莎嘶声说。

"你好，玛莎·琼斯。"格里芬说，"我们终于相遇了。"

他吸了吸鼻子，双臂抱在胸前，随意地靠在门框上。玛莎没有动。

"我听说你在这里，所以我想来介绍一下我自己。"格里芬说，"尤其是在眼下这样一个……讽刺十足的境地里。"

玛莎没有回答。她紧紧盯着他，目光又掠过了他，投向他身后的走道。他的手下在哪里？那些随时准备一拥而上将她直接拖走的联合镇压军武装士兵在哪里？她用力咽了一口口水。刀疤脸男人竟然是孤身一人。他现在是不是要独自完成这个杀掉她的任务？

"你不觉得很讽刺吗？"他问。

玛莎还是没有回答。男人点了点头，"我猜你可能不太愿意和我多聊。"

"你花了足足六个月的时间，满世界地追捕我，还想要杀掉我。"玛莎静静地说，"你以为我还会怎样？"

"说得好，"男人回答道，"对了，我的名字叫格里芬。"他给她看了他的联合镇压军身份证，"你那个酷炫的感官屏蔽器呢？"

她一言不发。

"你是把它搞丢了，还是弄坏了？"

她依旧沉默。

他耸了耸肩，"我只是想聊聊天。"

"快动手吧。"玛莎说。

格里芬盯着她，"你以为……你以为我是来杀你的？"

"或者把我带到法师面前。"她说。

"如果真是这样就好了。"格里芬嗤笑道，"抱歉，玛莎·琼斯，我以为你早就发现了。"

"发现什么？"

格里芬把他的彩色手环给她看，"和你一样，我也是这里的囚犯。"

玛莎瞪着他，"你说什么？"

格里芬在她床架的另一端坐了下来，"我是个囚犯。是劳改营里的俘虏。几天前，一个突击巡逻队抓住了我，然后把我带到了这里。"

"别这样。"玛莎说。

"别什么？"

"这不过是你的计谋而已。你想故意设局蒙骗我,然后从我嘴里套出信息什么的。"

"不。真的不是这样。"

"我不相信你,"玛莎说,"你只是想撬开我的嘴。如果不是为了这个的话,你早就对我开枪了,或者直接把我带到'勇敢者号'上。"

"女士,我说的全是真话。"格里芬说。

"别扯了!你是联合镇压军的人!你手里还拿着身份证——"

"是啊,"格里芬若有所思地看着自己的身份证,"这里的警卫好像不认这玩意儿。"

"为什么联合镇压军会把自己人也关起来?"

"真令人迷惑。我唯一能告诉你的是,我确实很惊讶。"格里芬说,"我能想到的只有唯一一种解释。"

"什么解释?"玛莎问。

"这个地方不属联合镇压军管辖。尽管警卫们穿着制服,但是他们并不听从法师的命令。他们效忠的对象另有其人。"

第十三章

玛莎下一次见到格里芬,是在两个轮班之后。

他找到她的时候,她正排在下班打饭的队伍里,和别人一样等着她那份面条汤。

"你有没有好好思考一下上次我对你说的话?"格里芬问。

玛莎没有理他。

"琼斯,别再和我冷战了。这招已经过时了。我明白你我永远不可能成为朋友,而且我们之间确实有仇;但是在这里——在'赤'工厂里——我俩都只是千万个迷失灵魂中的一小部分。而且,这个地方确实有些不对劲。"

"我不知道你希望我说什么、做什么。"玛莎回答道。

"听我讲五分钟的话。"他建议道,"在过去的六个月中,我唯一想做的事情就是抓到你。我把很多的筹码都押在了这个任务上:重要的升职机会,还有法师大人的青睐。"

"你的筹码和我没关系。"

格里芬耸了耸肩,"无论你怎么说,情况都已经发生了变化。

目前，我个人并不在乎你会怎样，我只想活着从这里出去。而且我看，如果你一直被关在这里的话，大概你自己的任务也会受到影响吧？"

玛莎嘲讽地看着他，"那不然呢？你是想建议我和你一起组个队，从这里逃出去吗？"

"如果你这么讲，听上去就很蠢。"格里芬说，"但是我确实认为，如果有了你这个盟友，那么我逃出'赤'工厂的机会就要大得多。"

"为什么？"

"因为你是大名鼎鼎的玛莎·琼斯啊。法师大人既然这么急迫地想要抓住你，你一定有些不俗的手段。"

他们一起坐在玛莎的笼子里，吃着那点可怜的食物。

"你说吧，"玛莎说，"给你五分钟的时间。"

"这里面有些古怪。法师大人不——"

"如果你非得提到他的话，那就直接叫他'法师'，"玛莎打断道，"你一说'大人'两个字，我就全身起鸡皮疙瘩。"

格里芬点了点头，用勺子舀着碗里的汤，"不管这里发生了什么样的事情，法师他都无知无觉。他什么都不知道。在其他国家眼中，日本只是全球帝国的一部分而已，守望者系统覆盖了全境，联合镇压军负责管辖，和所有地方一模一样。"

"继续说下去。"

"我追着你一路穿过了俄罗斯联邦。我们上一次狭路相逢是在一号船厂，你还记得吗？"

她闷闷不乐地点了点头。

"跟每次一样，你还是从我的眼皮下逃跑了。滑不留手的玛莎·琼斯。但是那时，我手里握着不少好用的线索。玛莎，你看，事情是这样的——当你环游世界、不停地结识新的人并且要求他们也都记住你时，你就一定会留下足迹。"

"我告诉过你，要你继续说下去。"

格里芬笑了，"我很确定你会乘船到日本去，所以我想抢先一步，在日本等你。不过，即便我是联合镇压军的成员，想要在不同辖区之间穿梭，都一定要提前得到批准才可以。于是，我联系了日本的分部，申请带着我的小队一起，乘飞机前往本州。他们拒绝了我的申请。根据他们所说，那里是禁飞区，因为日本工厂专门负责一些敏感的特殊工作。你在那里见到人脸金属球了吗？"

"没有。"她承认道。

"日本的联合镇压军告诉我，即便是人脸金属球也不能进入日本领空，因为他们的能量场会对施工中的导航系统产生负面影响。唯一进出日本的渠道就是坐船。你不觉得这听上去非常可疑吗？"

玛莎皱了皱眉头，"这项规定确实很多余。但我也觉得，这里有些古怪。当我靠近'黑'和'白'工厂的时候,我的感官屏蔽器就坏掉了。我就是这样被抓住的。"

格里芬点了点头,显得很感兴趣。"我联系了我的长官,"他说,"她是法师大——法师的分部领导之一。我请她帮我托托关系,甚至请法师亲自命令日本的联合镇压军批准我们的飞机进出,可是就连她也碰壁了。日本分部的人告诉她,我的情报是错误的。玛莎·琼斯根本没打算来日本。据他们说,他们的数据显示,玛莎·琼斯正乘坐一艘超级油轮前往朝鲜清津。他们建议我带着小队去那里。"

"但你仍怀疑我在日本?"玛莎问。

"琼斯,我确信你在日本。虽然过去的六个月里,我一直都在失败,但我至少摸透了你的思考方式,学会了如何捕捉你留下的足迹。日本分部是错的。我把想法告诉了长官,然后坚决而不失礼貌地请求她替我办成这件事。于是时间拖得更长了。我很快就要没时间了。你随时都有可能继续逃跑。所以,琼斯,我灵机一动,准备以你为榜样,好好学习。"

"你的意思是,你决定洗心革面重新做人了?"她讽刺道。

"呵呵,你真幽默。我藏了起来。我追着你留下的足迹,登上了一艘前往横滨的补给船。我只带了我的亲信,鲍勃·拉菲尔蒂。剩下的人都留在符拉迪沃斯托克,等长官的批准令下来,再一起飞到日本与我会合。据我所知,他们至今还滞留在那里,摩拳擦掌。"

"据你所知?"

格里芬把他的食盆放在地上。"我来到这里的时候,我那部可以直接联系联合镇压军高层的手机就失灵了。"他说,"那是大天使系统的一部分,可是它也罢工了。我和我的小队、'勇敢者号'还有长官都失联了。琼斯,如你所见,我那部特殊的手机也坏掉了——正如你的屏蔽器一样。"

玛莎把勺子丢进食盆,等着他继续说下去。

"五分钟快到了,格里芬。"她说。

"巡逻队将我和拉菲尔蒂团团围住的时候,我们已经在这里待了六个小时。我们出示了身份证明,可是他们看上去对证明并不在意。拉菲尔蒂试图让他们理解,我们是货真价实的联合镇压军成员。他们直接给他的脑袋来了一枪,就像是刑场处决一样,没有什么预先警告,简简单单的一个双击,人就没了。那时候我才意识到,日本的情况不对劲。非常不对劲。"

"于是你投降了?"

格里芬皱了皱眉头,"我是个士兵。我见过真正的杀戮。我不怕你笑话——那些突袭巡逻队的人,他们的眼神就是那样的。有些时候你要浴血死战,有些时候,你则要学会审时度势,知道什么时候该双手抱头投降保命。"

他抬头看了看他们头顶的一重重铁笼。哭泣和呻吟从四面八方传来。在某个地方,有人正因为痛苦或是沮丧而歇斯底里地尖叫着。警卫们在大吼。尽管他们早就习惯了这个地方弥漫的恶臭,却还是忍不住感到了一丝绝望。

"虽然我们现在的处境不能算多好,"格里芬说,"但至少我还活着,你也还活着。琼斯,你相信希望吗?"

"这还用问吗?"她说。

他笑了,"当你除了希望之外一无所有的时候,希望就是这样的感觉。"

玛莎饿着肚子,双手战抖,逼迫自己熬过"白"工厂十九号甲板的下一次轮班。她不慎用焊接枪重度烫伤了拇指的指肚,因此她拖慢了传送带的进度,一个警卫狠狠地打了两次她的肋下。

她忍着痛,重新投入到单调艰巨的苦工之中。她忽然意识到,她在这里的奴隶生涯并不只是另一场不得不经受的考验。这一次,她无法再像先前的无数次一样,努力挣扎着活下来,然后再回首唏嘘。这就是结局了。直到她死,她都会重复着这样的工作。除非她想改变现状,否则她的余生,就真的只剩下"赤"工厂劳改营和"白"工厂流水线了。

如果她的生命就在这里终结,那么全世界的命运也会随之终结。她的任务只完成了一半。全世界都在等她昂首前进。博士把一切都托付给了她。还有她的母亲和父亲……

她拒绝哭泣。如果她现在哭出来的话,她一定会不小心漏过一个电路板。这样的话,警卫又会来打她一顿,或者更糟。

她想到了格里芬。她想到了希望。

她想到了一个正替她保管着耳环的小女孩。

玛莎已经逐渐摸到了该如何在这里讲故事的规律。如果有太多的人在工休换班的时候往来于住宿区甲板之间,一定会被警卫们注意到,于是她小心翼翼地安排了时间表:以三个夜晚为一个循环。第一夜,仁和另一个叫小野的男孩会负责将一组囚犯带到她身边,而那些已经听过她故事的囚犯则会相应地替换到那些人的笼子中去。第二夜,玛莎会好好休息,由所有听过故事的人来负责把故事更远地传播出去,讲给他们自己身边的人听。第三夜,玛莎便会悄悄离开她的笼子,去到不同的甲板上,把故事讲给一组全新的人听。

"我也想听你讲个故事。"在排队打饭的时候,格里芬对玛莎说。

"还是别了。你留在自己的笼子里就好。"她对他说。

"但是——"

"格里芬,如果你还想与我合作,你就必须得先学会听从我的指示。"

格里芬点了点头。其实很多故事已经传到了他的耳朵里。这个琼斯讲起故事来确实很有一套,他不得不承认——她懂得如何去鼓舞人心。这里的所有人都是,他们一旦听过了她的故事,就控制不住地想要去讲给更多的人听。于是,就在这样的口耳相传里,格里芬间接听到了玛莎讲过的大部分故事。

玛莎重重地在她的金属床上躺了下来。她刚刚结束一轮轮班,过度的疲劳让她感觉大脑仿佛都要停转了。她的双手缠满了脏兮兮的绷带,大部分都是她从自己被单上撕下来的布条。警卫根本不在乎工人会不会受伤。这里完全没有急救箱或是任何药品。

仁出现在她笼子前的走道里。今夜轮到她讲故事了,她必须盛大登场。

"拜托了,仁,让我休息十分钟。"她叹了口气。

仁摇了摇头,"玛莎·琼斯,今夜的听众还没到。你有充足的休息时间。"

他走进她的笼子,快速而充满敬意地对她鞠了鞠躬。他再一次把自己的那份饭拨给了她一些。不管玛莎有多少次请他先照顾好自己,他都依然坚持要这样做。

"仁,真的谢谢你,但是拜托了——"

"玛莎·琼斯,我听到了一些传闻。"他说。他又鞠了一躬。

"什么传闻?"她问。

"我听说,外面还有第三座工厂,玛莎·琼斯。由纪听说之后告诉了羽松,他告诉了小野,然后小野告诉了我。"

她坐起身来,"第三座工厂?什么意思?"

仁耸了耸肩,"已经有了'黑'工厂和'白'工厂,在它们之外还有第三座工厂,名字叫'交番[1]'。"

"'交番'?"

仁热切地点了点头,"'赤'和'黄'劳改营为'白'工厂服务,'青'和'绿'劳改营为'黑'工厂服务。不过,在它们之外,还有'交番'的存在。你看,由纪听说了,然后告诉了羽松,然后又告诉了——"

"仁,求求你说重点吧。"玛莎恳请道。

"每个月,"仁说,"警卫都会到'赤'这里,带走一些人,要他们去'交番'工作。每个月都会选三十个人。如果没有人自动请缨前去,警卫就会随机挑选。"

"你可以自愿去那里工作吗?"她问。

仁点了点头,"由纪是这么告诉羽松的。"

"可'交番'到底是做什么的?"

仁做了个鬼脸,"这个我可不知道。但是别人说,那里是逃离劳改营的通途。"

---

1. "交番"是日语中汉字的直译,意为"治安岗亭",是塔迪斯的同类。

"为什么?"

"因为去了那里的人,再也没有回来过。"

"去了那里的人再也没有回来过。"玛莎这样告知了格里芬。

格里芬陷入了沉思。

站在格里芬笼子前的走道里,玛莎依然感到极度不适,这感觉就像她在故意向敌人示好一样。

"他们说这是一条逃离劳改营的路。"玛莎补充道。

格里芬点了点头,"去了那里的人再也没有回来过。琼斯,你觉得这意味着什么?"

"意味着所有去了那里的人都死了。"

"正确。"

"但是,万一那些没有回来的工人只是被挪到了新的地方、换了份条件更好的工作呢?作为额外劳动的奖励。"

格里芬耸了耸肩,"琼斯,我还是觉得这个主意太冒险了。"

玛莎有些垂头丧气,"我也这么觉得。"

格里芬看了看她,"你真的考虑过要试试看?"

她叹了口气,"我不知道。'有可能会死'听上去要比'必死无疑'稍微好一点儿,不是吗?像你这样的士兵难道不会做出这样的权衡吗?"

格里芬嗤笑了一声,回应道:"这份刺激我可受不起。"

"那要怎么办？难道我们就留在这里干活，直到死为止？"

他站起身来，和她面对面，"这段时间我一直在寻找安保系统的弱点。我想，我已经找到了几个漏洞。虽然这样说还为时尚早，但是琼斯，我宁可尝试从一个我已经熟悉的地方逃脱出去，也不愿冒那个风险，去面对兴许还要更加糟糕的陌生境地。"

她点了点头，"我只是想来告诉你一声。"

"琼斯，你准备走这条路，对不对？"格里芬问。

"我还没决定，"她说，"大约不会。你说得有道理。虽然'赤'工厂劳改营已经够糟了，但是别的地方也不一定比它强到哪里去。"

号角声和警铃一齐大作。

"'交番'，'交番'！有人想主动报名去'交番'工厂工作吗？"警卫们喊道，"有人自愿吗？那里的条件好得多！有福利！在'交番'待上两个星期，就能重获自由之身！"

没有任何一个奴隶发出响动。他们都透过自己的笼子，呆呆地看着下方。

"那好吧，"警卫首领对手下吩咐道，"那就随机选号，凑三十个人出来！"

警卫们浏览了一遍他们手里的名单，便开始喊出选中的编号。

"我报名。"玛莎喊道。

警卫首领点了点头,对玛莎做了个手势,"很好。请到这下面来。"

"我也报名!"仁大喊。

"奴隶,过来排队吧。"警卫首领答道。

仁跑到玛莎身后时,她猛地转身瞪着他。"不,你不能这样!"她小声威胁道。

"玛莎·琼斯,你在哪里,我就在哪里。"仁笑着说。

"天哪,拜托了,别这样……"玛莎呻吟道。

"我报名!"小野喊道。

"我也报名!"户神说。

"不!不,不要!"玛莎愤怒道。

"我也报名。"另一个声音说。格里芬脚步沉重地走下自己笼边的铁格楼梯,加入了他们的队伍。

"去哪里都比待在这儿强。"他对警卫们说。警卫们逼着他排好队。他对玛莎点头致意。她不知道此时此刻自己究竟是应该感到欣喜,还是愤怒。

等凑够了三十个人,警卫们就打开了"赤"劳改营的大门。

一辆按照联合镇压军制式遍体涂满黑漆的校车正在阴冷的水泥场中等着他们。他们排队上了车。仁看上去几乎可以说是欣喜万分了。格里芬避开玛莎，一个人坐到了车子最后面。户神坐在了玛莎身边。

"玛莎，你觉得他们要带咱们去哪里？"户神问。

玛莎没有回答。她心中有种强烈的不祥预感。她不介意自己以身犯险，可是拖着这么多无辜的人一起送死，意义就完全不同了。

校车发动了，开出了水泥场。"赤"的大门打开了，容许他们的车通过。他们在路上走了一个小时。有那么一瞬间，玛莎仓促地瞥见了群山的轮廓，从浑浊的雾霾背后探出头来。

"交番"工厂是一栋足有二十层高的灰色水泥大楼，被一圈圈带刺的铁丝网和机关枪炮台包围着。他们足足经过了五道大门才来到了工厂前面，沿着长长的斜坡开进了一个地下停车场，警卫让他们下车。

"这里闻上去怪怪的。"仁说。

"肃静！"一个警卫命令道。

"这孩子说的没错。"格里芬贴在玛莎身后小声说，"这里的空气很奇怪。肯定有什么不对劲。"

"准备消毒！"警卫首领大叫。

所有的基本隐私和尊严都不复存在了。在枪口之下，所有人都脱光了衣服，从一系列粗粝不堪、辛辣刺鼻的化学药品淋浴间穿过去。在淋浴间的尽头，有空气系统专门负责吹干他们身上的水,然后一些穿着防护服的人递给他们每人一套连体衣。

"前景可不太乐观。"格里芬一边穿连体衣,一边对玛莎小声道。

"我穿好衣服之前,请你先把眼睛移开。"玛莎回答道。

一道舱门打开了。"进来。"一个穿着防护服的警卫命令道。舱门的另一端是个庞大的前厅,屋子被冷冷的银光照得彻亮。警卫们离开了,然后关上了舱门。

"欢迎来到'交番',志愿者们。"几个声音同时响起。他们说出的话听上去断断续续的,好像声音的主人尚不习惯讲这种语言一样。

"你是谁?"玛莎叫道。

"我们是这里的主宰,"声音们混在一起说道,"而你则是著名的玛莎·琼斯。"

第十四章

相对罅隙占据了"交番"工厂中心一个巨大的房间。房间里满是电磁和臭氧的味道。一批抛光铬制的方尖碑镶嵌在石头打造的底座上,把罅隙围在中间。这些方尖碑无论造型还是比例无一不在表明,即便它们确实是由地球上的材料打造而成,可是设计它们的人却绝非地球人。

罅隙看上去就像一簇慢慢蠕动的明亮闪电。它是一道凭人力在时空之间撕开的裂痕。德拉斯特族人深以为傲。

玛莎·琼斯同样吸引了他们的注意力。

"你是博士那个著名的同伴。"一个说。

"给我们说说博士的故事。"另一个要求道。"也给我们说说法师。"第三个补充道,"说说那些时间领主。把他们告诉你的秘密全都告诉我们。"

他们把她带出志愿者小组,带到了一个可以俯瞰罅隙的观望台上。他们一共有六个,全都好奇地围在她身边。他们看上去又高又瘦,除了身材比例完全不对之外,还有点像人类的样子。每个都穿着一身繁复的紧身铠甲,用闪闪发光的蓝色金属制成,又用极度华丽的金属面具挡着脸。那些面具令玛莎想起吱吱乱叫的鸟类。明亮的钨光从面具的眼孔、嘴孔和铠甲间的缝隙透出,这说明他们的身体会像漆黑深海里的那些生物一样自然发光。

"你们是谁?"玛莎问。

"我们是德拉斯特。"一个说。"我们是德拉斯特投机行动十四号。"另一个说。

"这是什么意思?"玛莎问,"你们来地球多久了?"

"地球上的十年。"第三个说。

"你们来这里做什么?"

"我们是德拉斯特投机行动十四号。"他们重复道。

"到底是什么意思?"玛莎又问。

"德拉斯特大领主派我们来地球进行一项秘密评测。"其中一个答道。"然后,我们将要在经济上占领地球。"另一个补充道。

"你们是……侵略者?"

"我们是观察者。我们讨厌战争。我们选中了某个星球之后,只会从它的经济结构下手,暗中操纵,直到我们获得该星球在文化和经济上的完全控制权。"

"你的意思是,你们会在任何人都不知道的情况下悄悄接管整个星球的一切?"玛莎瞪大了眼睛。

"我们的任务非常漫长复杂。"一个德拉斯特说。

"一次成功的投机行动可能需要几代人来完成。年复一年，我们不断地在细微之处做出调整，以获得关键的主控权。"另一个说。

玛莎难以置信地摇了摇头，"你们是说，当法师占领地球的时候，其实你们已经开始入侵了吗？"

"法师的到来是一个我们没能提前预见的变量。"一个德拉斯特说。

"我们无法与他匹敌。他会直接摧毁我们的。这项投机行动即宣告作废。"另一个说。

"在筹备撤离地球的时候，我们一直在用伪装磁场掩盖行踪，让法师发现不了。"第三个说。

"你的意思是乘飞船离开？"玛莎问。

"普通的跨系统飞行器并不是可行的选择。"一个德拉斯特回答道，"在我们离开大气层之前，法师就能炸毁飞行器。"

"因此，我们撤离地球的计划，"另一个说，"必须要靠罅隙来完成。"

玛莎意识到，当法师现身的时候，德拉斯特们已经在日本的科技行业里拥有了根深蒂固的势力。他们利用手中的权柄，悄悄控制了法师在本州设立的导航系统工厂。这样，他们就得以接触到一些法师专门为自己舰队开发的前沿技术,包括一种强大的黑洞转换器。

他们在"交番"工厂里对其中一个转换器进行了部分拆解,然后在实验室环境下启动了它。转换器打开了相对罅隙。它在时空之中撕开了一道裂痕,为德拉斯特打开了一扇逃跑的大门。

当然,事情没有那么简单。

玛莎站在观望台上,看见身穿防护服的武装警卫带着一个志愿者走进了罅隙大厅。那是小野。少年看上去恐慌极了。他身上穿着皮带,皮带上连着一条安全索。警卫们押着小野走向罅隙的底部,他身后的安全索在地上蜿蜒伸开。

"我不明白你的意思。"玛莎说。她愈发担心起来。

"在确认安全之前,我们必须先校准罅隙。"一个德拉斯特说。

"罅隙可以通向任何地方。"另一个说,"太阳的核心、空旷的宇宙、有毒的星球。我们必须先做一些实验。如果实验结果不利,我们就会把罅隙的落点校准到新的地方,然后再做一次实验。"

"实验?"玛莎喘着气说,"意思就是让活生生的人去以身犯险?"

"这是最有效的实验手段。"

"但你们不能这样!"她叫道,"难道所谓的志愿者就是来做这样的事情?你们不能这样做!"

"当然可以。"

"已经做了很多次实验了。"

"实验现在开始。"

玛莎惊恐地望着小野一步步走近那个散发强光的罅隙,他的脸上写满紧张。他最后一次回头望了望,然后走进那道光里。

光吞噬了他。在齐腰的位置上,那条安全索也渐渐开始被拖进了罅隙之中。

"你们这样的实验,做过多少次了?"玛莎问。

"九十八次。"德拉斯特说。

"有多少次实验结果……不利?"

"九十八次。"德拉斯特答道。

"所以一共死了九十八个志愿者?"

"这个我们无从判断。很少有志愿者在实验后还能回来。即便回来了,他们也不一定完好无损。"

忽然间,安全索软了下来,掉在地上。警卫们抓住绳索,把它从罅隙里拖了出来。小野已经不在了,安全索的那头熔化了,被拖出来的时候还在兀自闷燃着。

"九十九号实验完成。"一个德拉斯特宣布道。

"结果不利。"

"重新校准罅隙。"

"准备下一次实验。"

"他们准备把我们一个个扔进某个宇宙的大洞里,直到有人能活着回来为止?"格里芬问。

"差不多就是这样。"玛莎答道。她已经回到了等候室,和其余的志愿者待在一起。

格里芬摇了摇头,"我还以为这个世界不会更疯狂了呢。"

"玛莎,他们想要你做什么?"仁问。

"他们想要我告诉他们有关法师的一切。他们害怕他。我想,在他们眼中,因为我与博士之间的关系,我也一定知道法师的某个隐秘弱点,可以供他们利用。在我遇见的所有人里,抱着这种想法的可不止他们。"

"你对他们说什么了?"户神焦虑地问。

"什么都没说。"玛莎答道,"当我看见小野的遭遇后,我压根儿不想回答他们任何问题。他们过一会儿应该还要见我的。眼下他们正忙着重新校准罅隙。"

"那你打算跟他们怎么说?"格里芬问。

"什么都不说。"玛莎决然道。

"我们必须逃离这里,"格里芬说,"我们需要找到逃跑的路线。就算要战斗,也在所不辞。"

"战斗?"玛莎重复了一遍。她扭头看了看其他瑟瑟发抖的志愿者,"格里芬,我觉得你是这里唯一一个战士。"

格里芬摇了摇头,"任何人在需要的时候,都能变成战士。"他说,"我提议,下次再有警卫来带走志愿者,我们就突袭他。"

"不要。"玛莎说。

"这个计划可以实现,"格里芬说,"来到这里的每个人都吓破了胆,不敢反抗,他们估计早就习惯了。所以,我们一旦突袭,然后——"

"不要。"玛莎说。

格里芬对她怒目而视,"难道我们要在这里坐以待毙吗?"

玛莎沉吟了一下。"不是,"她说,"我要去和他们谈谈。我要对他们讲一些话。"

"讲什么?"格里芬问。

"讲一个故事。"她说。

"我希望你们可以听我说两句,"玛莎说,"我知道你们非常害怕法师。害怕他当然没什么错,但是别忘了,你们可是高级生物。你们手里掌握着惊人的高科技。你们的科技手段已经足以骗过法师的眼睛了。"

"这个对话有什么意义?"德拉斯特问道。

"我只是想说,你们或许能帮得上忙。"她说,"帮我的忙,帮博士的忙,帮全人类的忙。如果我们结盟的话,或许就能推翻法师的统治。"

"结果不利。"一个回答道。

"我承认,我们要面对的事情绝不容易。"玛莎说,"我是在请求你们,在最黑暗的时候帮人类一把。"

"结果不利。"另一个说。

"如果我们齐心协力,就能改变现状,"她说,"如果博士在这里,他一定会这么做……"

命定之缘

西蒙·乔维特

那里有六个人——不，七个。玛莎刚认出了第七个男人，站在其他人背后的阴影里。走道太窄了，最多只能容许他们三人并肩站立，嵌在天花板里的条形灯投下一丝昏暗闪烁的光芒。

那些人都装备着简陋的武器：金属棍，用金属草草磨出的刀片。玛莎注意到其中一人挥舞着一只巨大的扳手，就好像他来和同伴会合之前率先偷了个工具箱。

"让她走。"其中一人说。他高大强壮，留着板寸头。他穿着一件不起眼的灰色防护服，上面打着一些补丁。

昏暗的灯光下，玛莎只能勉强看清对面的人。其他的男人看上去都同样健壮，穿着一模一样的防护服，每人身上都有不一样的污渍和修补痕迹。

玛莎身后的男人没有说话，只是后退了一步。他将玛莎的双臂扭到身后，扣在背心正中，她疼痛难忍，别无选择，只能也跟着他后退了一步。

在玛莎和武装的男人之间，博士正从跪姿站起身来。他一直起身子,就小心翼翼地把手按在了脑后。

"真是没想到。"他说。

他背朝玛莎,直面那些脚步隆隆冲过楼道的武装男人。那些男人正在喊叫,让某个名叫"布里德"的人不要动。

这里还有一个人,孤零零的,身上没有武器,刚才逃跑的时候跟跟跄跄地和他们撞了个满怀。玛莎心想,他一定就是布里德了。

看到那些追赶而来的持械男人时,博士微笑着向前迈了一步。他张开双臂,长大衣在男人们和他们的猎物之间形成了一道屏障。

"你们好!我是博士。或许我可以——"

就在那一刹那,布里德打了他——狠狠一拳捶在他的后脑上。就算玛莎是个没有受过正经医学训练的普通人,她也能看出那一拳有多大的威力。顿时,博士就像被剪断了引线的木偶一样垮在地上。

接下来,玛莎就发现有人在身后钳住了她的手臂。如果她胆敢稍作反抗的话,就会有剧痛传来。

"你以为这样就能让我们停手吗?"武装小组的头目说话了。

钳住玛莎的那只手动了动,松开了一些,然后又再度收紧。另一条手臂勒住了她的脖颈。突然间,呼吸变得困难起来。

"好了,这样真的够了。别再动了!"博士说。他一动不动地站在原地，声音里带上了一丝冷硬，"否则我就要做一些会让我自己后悔的事了，势必会伤到你们。"

一切仿佛都发生在一瞬间。武装的男人们齐齐跨步向前，他们就像一群露出獠牙的野兽，全副武装，伺机而动。玛莎感到那只勒在她咽喉上的手臂收得更紧了。那人正在拖着她后退，远离博士和那些被博士挡住的暴徒。她几乎要窒息了，拼命挣扎着，想要多吸一口气。看上去，博士好像跌跌撞撞地冲到了那些人面前，用某种奇怪的方式牢牢地堵死了他们的路，无论他们如何叫嚷、想绕过去，都无济于事。那人拽着她沿着走廊而行，那只几乎要勒死她的手臂同时也在支撑着她的身体。他走得越来越快，她感觉自己就像正踮着脚尖倒退着奔跑一样。突然间，她眼前一暗。灰色迷雾遮蔽了她的视线。有一瞬间她感觉自己似乎飘了起来，肺里储存的最后一口气变成了气泡，拖着她飞向空中。然后，气泡猛地破了，她又开始坠落。

"哎呀，真对不起。你看我，笨手笨脚的。"博士忽然踉跄着扑到了走廊的另一侧。暴徒们试图从他身边挤过去，可是不知怎的，他好像总是堪堪堵在他们前面，双臂伸开，一边努力稳住身子，一边把他们向后推。只不过，就在他看上去马上就要让开的时候，突然又绊了一跤，再次不偏不倚地扑到了暴徒前面。

暴徒头目骂了一句，用手里的自制劣质刀片猛地向博士刺去。然而，他却惊讶地发现手中捏着的不过是一把空气。刀片消失了。

"这是你的吗？"博士一边把刀片递给旁边一个男人，一边一脸无辜地问道。那个男人甚至没来得及摇头，就被迫接住了刀片，而他手里原本那根金属棍却出现在了另一位队友手里。

"如果你拿着这个，我再给你这个，那我就可以拿走那个，然后找别人来保管……"随着博士的唠叨，那些男人手里拿着的武器开始莫名其妙地变换起来。有那么一刻，一把看上去又薄又危险的刀本来是别在一个人耳后的，结果它突然就到了另一个人手中，好像所有这些武器都觉醒了，有了某种神秘的自我意识，开始四处乱跑。男人们仿佛变成了天才致幻大师手里的提线傀儡，根本无法控制自己手里的武器，直到布里德……

消失了。博士凝视着空旷的楼道，忽然停下了动作。他正站在原点，和男人们刚刚开始攻击他的时候一模一样的位置。

"那么，"他双手插兜，说道，"谁愿意带我去见你们的头儿？"

棺材般的舱室一层层叠在墙边，舱与舱之间都由一圈圈粗大的铁丝和有弹性的管子所连接。昏暗的灯光为狭小的空间投下一片黑影。在一列舱架的尽头有一排屏幕，博士戴着眼镜，正在阅读上面写的内容。他戳了戳其中一块屏幕，又碰了碰另一块，看着一行行数字在屏幕上滚动。玛莎望着他。不知为何,她心里总觉得有种莫名的熟悉,好像她曾经来过这里一样。

"这是什么地方?某种外太空冷冻室吗?"她问道。那种恍惚感更加强烈了。上一次她来这里的时候,也说了一模一样的话。

"说得好!"博士笑了起来。他手脚并用地爬上了一道哐啷作响的铁梯,大步流星地走在第一条过道上。每间舱室的角落里都嵌着一块小屏幕,他的头随着视线上下移动,将小屏幕上面的内容也尽收眼底。

"这些舱室都自带低温装置,而且非常耐久。"他踢了踢离他最近的舱室,低沉空洞的声音在房间里回荡。

"低温,"玛莎重复道,她感觉自己像是在重复已经排练好的剧本,"所以我们面对的问题是假死?"

"正是这样!"博士已经走到了过道的尽头。他从梯子上溜下来,蹦蹦跳跳地向着玛莎走来,"不管低温舱里躺着的是什么人,他们都打算过很长一段时间再醒过来——可能有几十年,甚至几百年。"他摘下眼镜,一边来回踱步一边在空中挥舞着眼镜,"我用我的衬衫跟你打赌,这是一艘世代飞船。但我不会真的用我的衬衫打赌啦,因为这是一件很好的衬衫,我可不想输掉它。不过就算打赌,我也不可能输掉我的衬衫,因为我刚刚说的话肯定准确无误。我说,你什么时候见我出过错?"

"等一下,你刚刚说什么?"玛莎说,尽管她在博士回答之前就已经知道了答案,"世代飞船?"

"一群像是被封在罐头里的冰冻殖民者。几大家子人坐在一艘飞船上,向着要征服的星球进发。他们基本上已经被所有人遗忘了。只有在抵达目的地的时候,舱里的货物才会解冻,让他们得以醒来继续扮演探险家和殖民者的角色,而不是像冻肉一样躺在这里。"博士打量着昏暗光线下那些空着的低温舱,"这些低温舱没有消耗能量,但是根据显示的数据来看,我觉得全船的能量都快要油尽灯枯了。可是这艘船离它的目的地还很遥远,而且货物应该还在沉眠才对。"

博士本该一个转身走出门去才对,可是他却倾身向前,深深地凝视着玛莎的眼睛。他的眼神那么认真,令她不禁倒吸了一口气,慌乱地平复着自己的呼吸。他距离她太近了,她甚至可以伸出手,然后——

"你还好吗?"他问。他的容颜有些怪异。看上去,他的脸仿佛在膨胀、扭曲——不,应该说是逐渐变形才对。她张开嘴,想要警告他……却发现她无法呼吸了。

"你还好吗?"博士又重复了一遍。玛莎心想,以她现在这副大张着嘴、如出水之鱼一样竭力喘息的样子,他应该能够一眼看出来她并不好才对啊。可是博士依旧紧紧盯着他,他的脸还在变幻,皮肤像热蜡一样融化,一只眼睛如气球般涨大,另一只则变了颜色。

"你还好吗？"问话的不再是博士的声音了。是个女人。那个女人没有嘴唇，脸部也是模糊的一团。玛莎本来在竭力想要呼吸的，现在她却开始竭力想要尖叫出声。

"你还好吗？"那个怪物重复道，"拜托，请告诉我你并无大碍。"

玛莎咳嗽起来，深深吸了一口气。俯视着她的那张脸终于在视线里聚焦出了形状：那是一个年轻女人。

"你还好吗？"女人问道，"拜托，请告诉我你并无大碍。"

玛莎眨巴眼睛，适应着微弱的光线。这时她看到了第二张俯视着她的脸：布里德。

"我知道你是谁。"她嘶哑着喉咙道。她在粗糙的金属地面上撑着身体尽力向后躲，心里涌起一阵惊恐。

她的后背撞到了什么东西，令她全身一僵。她回过头，抬起眼，一张脸映入眼帘。那是布里德的脸。这次玛莎真的差点尖叫出声，向后一缩，跌跌撞撞地爬了两步，终于狼狈不堪地站起身来。她猛地直起腰——脑袋一片昏沉，胃部也在痉挛，但是她依然努力保持平衡——然后拼命四处张望，想要找到一条逃生之路。

这里比低温室还要逼仄，储存罐挤满了整个空间，像迷宫一样弯弯绕绕的管道和电线把那些罐子和一堆靠着某面墙摆好的低温舱连通在一起。低温舱全部都敞着,玛莎闻到里面飘来阴湿发霉的味道。

然而,她绝大部分注意力还是集中在布里德身上。他站在她身前不远的地方,可她以为他本该在她身后才对。她还看到了大约十来个人,在狭小的房间里呈扇形散开,把她包围在中心。

每个人都长着布里德的脸。

那些培养槽是用金属片粗制滥造而成的,博士认为这些原材料大概都是从全船各处搜刮而来。它们和空旷的房间等长,里面满是水耕法培养的作物,它们那长着灰色叶脉的淡色叶子垂软地耷拉在槽边。

"人类啊,"博士咧嘴笑了,"你们可真是聪明!即便是在绝境面前,你们也会努力想出办法来克服它。"他用手在眼睛上搭了个凉棚,望向培养槽上方的条形灯。

"你没有回答我的问题。"名叫特里弗的男子说道。他自称星球勘测司令兼指导委员会临时主任。莱恩——那个追逐布里德的武装小队队长——站在特里弗身边,刚把走道里发生的事情汇报完毕。他的两个手下一左一右地守在博士两侧。特里弗注意到他们看上去很紧张,他们一直不断地向中间的犯人投去担忧的眼神,仿佛他们认为——几乎是害怕——那犯人会突然暴起一样。

"嗯?"博士的目光从条形灯上移开了,重新落到特里弗身上，"哦，对。你的问题……你问了什么来着？"

"你是谁？那个被称为θ-9号的布里德在哪里？"

"你问了我两个问题，其中一个问题我已经回答过你了。我是博士。我刚刚在走道里就跟你这位手下说过了——他把我押送到这里的时候，你管他叫莱恩来着——不过看起来，比起听我讲话，他更愿意让我的朋友身陷险境。"

"是你先挡住了我们的路。"莱恩说，"就我所知，那个布里德之所以要制住她，只是为了给我们下个套而已，让我们不敢上前。"

"他已经砸了我的脑袋一下，不知为什么——大概是寻开心吧？"博士的声音里充满嘲讽，"我对恶霸就是没好感。你知道吧，那种一大堆人联合起来对付一个人、像一群狗一样咬着别人不放的恶霸。我不喜欢那种人。非常不喜欢。"

他停顿了一下，又继续说道："不过，可以想象，当你们醒来后发现距离新家还有几光年远的时候，该有多么震惊。"

特里弗困惑地眨了眨眼，面前的犯人从凌厉指责一秒切换成了轻松的语气，而且他看上去还对这艘船面临的情况了如指掌，"你是怎么……"

"哦，那些空着的低温舱，显示屏上的能量指数——你们依然在深空之中，太阳能电池阵无法收集能量——还有你们自制的水耕系统。你们是不是翻遍了储备，把里面本该用来开垦新星球的种子都掏出来用了？我刚刚就说了：只要把人类丢入困境，他们就会像疯了一样发明出各种各样解决问题的办法来破解困境。只要丢给你们几个柠檬，不出一会儿工夫，你们就能喝上柠檬汁了！"博士继续眯着眼睛观察上面的灯。

"θ-9号到底对他下了多重的手？"特里弗问道。

"从他说的这些话来看，大概比我们想象得还要重。"莱恩回答道。

"那么，告诉我吧，"博士犀利地问道，"你们从低温睡眠中醒来有多久了？"

"两年多一点，"特里弗说，"幸好，在一次例行维护中，低温系统失灵了。人造人觉醒了，开始自动执行设定好的任务。它们的任务由此重置了，旨在唤醒尽可能多的人。"

"尽可能多的人？"

"大约有一半人，"莱恩回答道，"分配得均匀极了，你说可笑不可笑？"他的声音中带着一丝苦涩。

"你失去了什么人吗？"博士问道。

莱恩点了点头，"我的妻子，和两个孩子。"

"我很抱歉。我理解失去挚爱的感受。"博士顿了顿，思绪像是飘远了一霎，然后他继续问道："布里德就是那些人造人中的一员吗？它们究竟是什么东西？基因克隆品，在培养缸里长大，然后你们把它们储存起来，留到日后再唤醒，以执行例行维护或处理微小的突发危机？我猜它们身上一定也嵌入了某种神经网络机械装置，这样一旦有需要，飞船就可以随时把它们唤醒？"

"你自称不是和布里德们一伙儿的，但你对它们的了解却不少。"莱恩说。

"我对不少事情的了解都不少。"博士回答道，"这不是我第一次见到克隆奴隶了。我猜，'布里德[1]'并不是一个名字——它真正的意思应该代表着'衍生者'。这个词不过是个描述罢了。"

特里弗点了点头，"在瓶中培养出的衍生者。"

"令人着迷。"

"它们的作用就是维护飞船，保护货物。每一个人造人激活的时候，都会自动使用同一个预设好的基础性格。"特里弗说，"因此，所有的衍生者基本可以视作同一个人。"

"只不过，其中有一个不太一样。θ-9号究竟做了什么，要被一群全副武装的人追杀？"

"他自称爱迪生。"博士左手边的男人说。

"爱迪生？"博士扬起眉毛问道。

"它们开始自主更换我们定下的称谓了。"特里弗说，"还

---

[1] 英文为breed，意为繁殖、衍生。

违规潜入飞船的历史数据库，特意寻找新的名字。"

"名字！"博士笑道，"比起那些乖乖守着老旧又毫无个性的西塔和伽马，它们也开始为自己起名字了。这听上去可不像是预设好的基础性格能干出的事情啊。"

"人造人本来就不该有这么长的运行时间。"博士左侧的警卫又说话了，"基本程序本身是有一定弹性的——一旦情况有变，就赋予一个衍生者自动应对变化的能力。两年以来，基本程序的弹性变化越来越大，然后……"

博士替警卫说完了后面的话："然后那些大批量制造的机器人就全都有了独立人格和思想！我以为，对于一位神经网络专家来说，研究新型智能的诞生可远比扮成暴徒要有趣得多。"

"你怎么知道……"男人瑟缩了。

博士一字不差地引用了特里弗之前的话："'你自称不是和布里德们一伙儿的，但你对它们的了解却不少。'不过，你这些话并不足以解答我的疑问：爱迪生到底做了什么，要你们这样追杀他？"

"你恋爱了？"玛莎难以置信地说道，"他们想杀了你，因为你恋爱了？"

"他们更想逼迫我透露罗米娅的藏身地。"男人说。直到几分钟之前，玛莎都一直以为他的名字就叫布里德。他的声调和遣词造句的方式都太过平顺了,令人隐隐能够猜到他的语言系统是被下载到大脑芯片中的,而非在童年时期天然习得,"如果被他们抓住,我一定会尽力抵抗他们索要信息,因此我面临的结果只有毁灭。"

沿着走道前行的时候,那两个人走在玛莎前面,她便注意到年轻女人攥住了爱迪生的手。更前面走着其余的衍生者——人造人,玛莎提醒自己——他们都来自觉醒室。刚刚那个狭小的、散发异味的房间就是爱迪生与其余同类成长、储存的地方。玛莎后来发现,那种霉味其实来自残余的营养液,积存在培养缸弧形的底部。

玛莎正在凑近观察其中一个培养缸底部灰褐色的积液,就在这时,人造人们忽然集体起了一阵战栗。看上去,他们就像是一排排一模一样的玉米,叶子在风中统一瑟缩起来。猛然间,他们已经走到了门边,领队的是一个和爱迪生长得一模一样的人,自称拜伦。玛莎终于冷静了一些,不再被眼前这十个长得一模一样、还试图绑架并杀掉她的生物吓得喘不过气。这时,他们进行了自我介绍,她才发现这群人里还有一位杰森、一位居里和一位狄墨西尼。

他们缓慢地接近玛莎,好像在安抚一只受惊的动物。然后,那位叫作罗米娅的年轻女人走上前来,解释了情况,并且为刚刚的粗暴对待向玛莎致歉。爱迪生原本没想要伤害她,但是人造人本身就比人类要强壮得多——他们不得不采用这样的设计，因为飞船上没有其他可以举起重物的机械装置。"至少现在还没有。"罗米娅说。

"人造人被严令禁止和殖民者交往，"爱迪生继续说道，"章程写得很清楚。"

"当人们把他们看作飞船自我修复系统的一部分时，就不会再多计较他们和谁在一起打发时光了。"罗米娅说。她转向玛莎，露出羞赧的微笑，"我已经开始和他熟悉起来了。我知道我父亲不会同意的，所以我们只能秘密约会。"

"没有工作的时候，所有人造人都必须待在觉醒室里。"爱迪生边走边背诵章程。玛莎从他的声音里听出了一丝苦涩，"人造人不能与殖民者进行任何与工作无关的对话……"

"人造人必须装成机器的样子。"罗米娅补充道，"或许他们最初被设计出来的时候确实是那样的，可现在他们已经是有独立人格的人了。"

"但你父亲还有其他的殖民者都不能接受这一点？"

"被派来殖民的家庭之所以被选中，是因为我们有更优秀的基因。我们的基因序列中都包含了强健的体魄、良好的免疫系统，还有高智商。如果想要在全新的星球上建立国家，这些特征是必不可少的。指挥委员会认为，无论付出怎样的代价，我们都必须保证血统的纯正。"

"听上去挺糟糕。你觉得他们会有多努力想要把你抓回去?"

"不仅是抓我回去。他们提到过要重新编写程序。有些人怀疑,在低温系统失灵的时候,很多殖民者都已经死了。他们以为那是人造人的决策,想要保证人类在数量上不占上风。系统工程师试图进入飞船的神经网络系统,用一个病毒抹去人造人衍生出来的个性,但是那个系统已经锁定了。"

"我们或许是人造的,但我们可不蠢。"爱迪生说。

玛莎忍俊不禁。

"然后,他们就开始讨论循环了。"罗米娅说,"那个时候我就知道,我必须要选择其中一边站队了。"

"循环?"

罗米娅点了点头,"一旦某个人造人完成了预设好的维护任务,就会进入循环罐。他的身体会回到初始的氨基酸状态,然后经过回收利用,生出一个全新的人造人。"

玛莎望向爱迪生,"所以说,你是……"

"从前人回收利用的身体中诞生的,"爱迪生确认道,"我们这里的所有人都是如此。"

"不过,我现在可真想象不出你们还会排着队跳进循环罐。"

"我们不会。人类若想要我们跳进循环罐,只能通过武力。"

"但是人造人比人类要强壮啊。如果你们能找来一些刀具的话,殖民者们就会彻底失去优势。这样的话,他们便不得不坐下来谈判。"

"殖民者们想用的是军火和光束武器。"爱迪生说,"如果他们先一步获得了那些武器,被塞进循环罐的很快就是我们的尸体了。"

"你的意思是,这艘船上满是枪炮,却没有拖拉机或者叉车?太荒唐了!"

"制造器能够制造一切,不管是武器还是拖拉机都可以。"爱迪生说,"但是,如果他们启动制造器,所有人都会死的。"

"制造器?"博士质疑道,"你们的能量储备本身就已经很低了。启动制造器的话,一定会耗干最后剩下的能量。在太阳能电池阵吸收足够的阳光之前,你们将会一直生活在寒冷与黑暗中。甚至于,你们连灯都来不及点,就先冻僵了,然后死于吸入过多由你们自己制作出来的二氧化碳!"

"我们只需要制造器短暂地运行一段时间,生产出那些武器就够了。"特里弗的声调铿锵而坚决,"人造人的强壮令它们占据了不可小觑的上风——"

"你的意思是,只要造出来的那种噼里啪啦的东西能够扭转局势,"博士插嘴道,"就算会引火烧身也没事?"

"我们的争辩到头了。"特里弗挂着一抹胜利的微笑说道,"我们的人已经出发了。他们会封锁整片区域,启动制造器。我很高兴你对我们的计划构不成威胁,所以我现在就要去加入别人了。你则要留在这里,被看守起来,至少要等到我们处理完人造人的问题才行。"

突然间,博士行动了。他的身体化作一团虚影,在警卫们都没反应过来之前,他率先扑向了特里弗,从特里弗与莱恩之间的窄缝里挤了过去,跨过那些水耕培养槽,拂过那些营养不良的淡色叶子时,叶子发出干巴巴的窸窣声。两个跨步之后,他又来到了一个培养槽前,这次他直接跳了过去,像一阵风般穿梭在植物之间。

"拦住他!"莱恩大吼。

两名警卫迟疑了,不确定是该跟着博士跳过培养槽,还是走远路从后面绕过去。博士已经跳过了第三个培养槽,继续向前跑,在这片由缺乏营养的植物所组成的森林间跳跃来去,直至跃过最后的培养槽,抵达一面空旷的金属墙面前。他左侧是一段金属楼梯,引向墙上嵌着的步道——被押来见特里弗的时候,警卫们也曾带着他穿过一条相似的步道,走下一段相似的楼梯,只不过是在对面的墙上罢了。他跌跌撞撞地冲上楼梯,穿过舱门,闯入了门后光线昏暗的迷宫。

暗淡的灰色巨石高悬在头顶,那上面除了键盘和输入屏幕之外,什么都没有。这间屋子足有三层楼高,墙壁渐渐消失在暗影中的样子令玛莎想起了教堂。

"这就是制造器？"她问。

"这是主界面。"罗米娅回答道，"制造器在舱壁后面。它非常庞大。"

随着她的话语，那些和他们一起穿过走道的人造人开始向已经到场的人点头致意。即便人造人们发展出了独立的人格，他们彼此之间也依然通过和飞船中心系统的神经网络连接保留着一种机器般的感应。罗米娅和爱迪生刚刚是这样对玛莎解释的。殖民者们正强行向着制造器推进，在发觉他们踪迹的一瞬间，一场神经网络战会议便当即展开了，并且迅速达成了共识。爱迪生补充道，这一切都发生在三秒钟之内。玛莎心想，博士听到最后这点有趣的消息肯定会很高兴的。她不禁面露微笑。至于人造人的共识，则是率先抵达制造器，不惜一切代价阻止殖民者启动它。

"制造器会制造我们需要用来殖民目的地星球的一切用品。"罗米娅说，"它的数据库里包含各种图纸，有机械装置、工具、起居设施、交通工具……一旦启动，制造器就会从分子层面操控物质，使物体成型，然后将完成后的产品送到距此千米之外的五个装载池的某一个。"罗米娅指着那面嵌着主界面的空白墙面。

"我们一半的人手都在这里了。"爱迪生补充道。玛莎知道殖民者们到达这里的时候，必然也会因面对着二十个一模一样的爱迪生而感到震惊,她对此可是太能感同身受了。她伸长脖子向着巨石顶端望去。这样的安排确实是非常合理的——在足有几个世纪长的星际旅行中,与其试图把所有东西都带全,还不如带上一个可以即时制作所需物品的机器。目的地星球会围绕着某个太阳公转,只要用船上那些足有整个威尔士一样大的太阳能电池板来收集充足的阳光,就可以启动制造器。然而,现在飞船正航行于星系间的无穷黑暗之中,想要靠那点储存起来的能量运行制造器,无异于自杀。

玛莎忽然瞥见了一张脸,正在黑暗里凝视着她。她倒吸了一口冷气。在她喊出警告的时候,那张脸已经迅速成了无数张脸中的一点——阴影之中隐藏着一条走道,那些殖民者正在接连不断地翻过走道的护栏,一边跳下来,一边大声咒骂。

博士在十字路口的中心猛地刹住了脚步。他心里油然生出一股不祥的感觉,好像他曾经来过这里似的。

"现在还不能跑路。"他嘟囔道。

十字路口的一条通路尽头有个低矮的舱门,暗沉的红光就是从那里来的。舱门里面是个六边形小屋,无数闪烁的小灯覆盖了墙壁,屋里有一块小屏幕和一只键盘。博士观察了一会儿灯光,记下了出现的图形还有那些始终暗着的区域。光标在屏幕上一闪一闪,好像在这艘飞船航行的几个世纪里,它都是这样一成不变地闪着。他摸到键盘,指尖敲击出一段断奏般的旋律。当他读到屏幕上闪现的字时,终于露出了笑容。

战斗的声音充斥了整个房间。不管玛莎望向哪里,都会看到扭打在一起的人。破烂粗劣的刀刃起起落落,又扎又划。

"停手吧!"她听见自己的声音大喊道,"快停下!"

一个殖民者和一个人造人,在争抢殖民者手里刀刃的过程中和玛莎撞在了一起,将她猛地推向墙壁。她一阵眼花。

"玛莎!"罗米娅朝她的方向跑了过来,可是一名殖民者抓住她身上防护衣的领子,将她猛地向后一扯,禁锢在自己的双臂间。

玛莎晃晃头,向上望去。一个殖民者站在她身畔,高举的拳头里握着一把扳手。

"我们见过吗?"玛莎问道。

扳手开始下砸。

攻击玛莎的人被一个人造人撞到了一边——是爱迪生吗?在玛莎身边,尽是搏斗的殖民者和人造人,可是突然间,以玛莎为中心的一小圈却成了空地。

"停下!"她又喊了一遍,"这已不再关乎爱情或者规则了。这是为了生存!"

像是对她的话做出反应一样,那些在她身边混战的人全都跟跄了一下，用手紧紧捂住额头或者掩住双耳，不住地摇头。她头顶传来一个熟悉的嗓音：

"说得对，玛莎。现在，都给我听好了，你们所有人——停手。现在就停下！"

博士最后说出的几个字令一些殖民者和人造人都忍不住跪了下来，双手死死地捂住耳朵。

在距离她最近的那些人脸上，玛莎读出了疑惑与渐生的恐惧。她抬起头，望见了博士，他就站在殖民者们发起攻击的走道上。他对她笑了，然后举起一个看上去像是麦克风的东西，再度开口了：

"我就知道这样可以吸引所有人的注意力。好了，女士们先生们，殖民者和……其他人，我已经彻底控制了这艘船。"

一个人造人转向玛莎。他的额头有一半都是青肿瘀血的，嘴唇撕裂了两三处，鲜血流了下来。

"你的朋友……"玛莎觉得他肯定是爱迪生了。人造人说话的声音很大，像是要努力盖过一个玛莎听不到的噪音似的，"他……在我的脑袋里。他是怎么做到的？"

博士跃过走道护栏，落在离玛莎不远的地方，橡胶质地的鞋底轻巧落地，大衣在身后像鸦翅般翻飞着。

"很好的问题。"他笑道，"你很走运，我恰好知道答案。"

玛莎用余光瞥见身边有什么东西突然动了起来。一个殖民者踉跄着站了起来,将某种钝器朝离他最近的人造人抡去。博士跨了两大步,冲到那两个人身边。他用那只空着的手抽走了殖民者手里的武器。他的动作很轻柔,却十分果决,令玛莎回忆起他拦在走道里阻止那群殖民者追杀爱迪生的样子。

"我说过了,现在都给我停下!"博士对着麦克风大叫。然后,房间里的每个殖民者和人造人都抱住了头,有些呻吟着,有些则哭喊出声。"我过一会儿会调低音量。但是,如果有人还想耍花招,我就会把音量一直调高到十一。那样是否会造成永久伤害,我可保证不了!"他调整了一下麦克风底部的一个小东西。在玛莎看来,那东西好像是博士仓促之间安上去的。

一阵此起彼伏的释然叹息与呻吟响了起来。地上瘫倒的殖民者和人造人渐渐站起了身,重新分成两个相对的阵营,小心翼翼地打量着对方。两组人之间隔着一道窄窄的中立区,博士和玛莎就站在那里。玛莎注意到罗米娅选择了和人造人站在一起。

"好多了。接下来的话是说给那些正在装载池或者其他地方的人听的。即便我没有站在你们旁边,你们施暴、搞小动作或者做一些特别特别蠢的事情时,我也都看得到。我跟你们这艘船的中枢系统关系非常好,她正在替我盯着你们每个人的一举一动。"博士清了清嗓子,"我对世代飞船374926-斜杠-GN66的每个人讲话——对了,多说一句,你们确实应该考虑起个更好听的名字——因为我想阻止你们犯下一生中可能犯的最大错误。实不相瞒，之所以说这个错误是最大的，那是因为倘若你们犯下了这个错误，那所有人都不可能再活到犯下其他错误的那一天。"

"这是我们的船！这是我们的任务！"特里弗站在走道护栏旁，冲着博士大喊，莱恩站在他身边。博士想，他们大概比他想象中追得还要紧，"人造人被创造出来的目的就是侍奉人类，当它们的任务完成时，就该顺从地进入循环系统，供下一代人使用。我们必须保护人类基因的纯度。"殖民者间传来一阵窃窃私语。有些人向前挤了挤。

"哦，现在的事态远远要比那件事情严重得多。"博士摇了摇头，然后用一根手指指着蠢蠢欲动的殖民者脚边，"别逼我把音量调高到十一。"他的声音很轻，像是要故意迷惑人一样，然后他随手掂了掂那个拼凑起来的临时麦克风。

殖民者们顿时后退。

"你们是非常理性的人：科学家、星球工程师、世界建造者。你们都心知肚明，生命的意义并不在于高纯度。生命、进化、创造力——这些都依存于多种多样的可能性，依存于找到全新的排列组合方式，然后试试看会出现什么结果。你们之中有一半人知道，新的可能性已经发生了。"博士富有深意地看了人造人一眼。

罗米娅望着爱迪生，"他是什么意思？"

爱迪生看上去也不太确定问题的答案。他犹疑着，和身旁的其他人造人面面相觑。

"我……我知道了！"罗米娅猛地倒吸一口冷气，眼睛睁大了，"我知道发生什么事了——我看到了一些片段，一闪而过的画面。是记忆！"她看向爱迪生，"是你的记忆？"

人造人点了点头。

"这姑娘真棒！"博士喊道，"连接从一开始就存在了。你们需要做的只是辨识它！"

"我之前……我之前快要死了！"罗米娅盯着她对面的其他殖民者，"我们都要死了！"

一个殖民者脸上也挂着和罗米娅一样瞠目结舌的表情，他喊出了声："我……我也看见了！"

更多的惊呼，然后是倒抽冷气的声音。一个殖民者跪在地上，痛哭不止，另一个则将手掌贴近自己的脸庞，目不转睛地凝视着它们，好像那是别人的手一样。

不管影响殖民者的东西是什么，它流动的速度都快极了，像高压电般从一个人跳到另一个人身上。四周响起更多的哭泣。有些人只是呆立着摇头，脸上杂糅着极度的绝望与希望。

玛莎困惑地望了博士一眼。

"中枢系统解释了一切，"博士说，"我是不小心撞见她的。我本来要赶来这里，可是却在大气净化器附近转错了一个弯。总之，我来到了一个电脑系统面前，然后我就做了个自我介绍。"

"与此同时,正有人要把我的脑袋砸扁。"玛莎佯装生气道,不过她脸上却是带着笑意的。

博士耸了耸肩,也对她笑了,"我看了一眼监控系统,就知道这里大事不好。我必须想一个办法,来阻止这里的人互相屠杀。这时,我看到了中枢系统的记录仪。"

"人造人和中枢系统是紧密相连的。他们体外移植了神经网络。"博士敲了敲自己脑袋的一侧,"需要他们做点家务或者处理问题的时候,中枢系统就是这样把他们唤醒的。"

"就好像低温系统失灵那一次吗?"

"没错。不过,那一次系统失灵其实是毁灭性的,致命的。"

"我们已经知道了。罗米娅把剩下的事情都跟我说了。有一半殖民者都死了。"

博士摇了摇头,"不是一半。是所有人。"

忽然,通向走道的铁梯上传来一阵响声。特里弗正在往上爬的时候不慎滑了一下。他紧紧抓着护栏,表情沉郁,好不容易重新找回了平衡,可是他的眼神却近乎疯狂。

罗米娅奔向他。"爸爸!"她轻声哭喊道,"哦,爸爸。"

"绝不可能!"特里弗嘟囔道,他甚至没有注意到自己的女儿,"绝不可能!"

"有些人要适应起来可能会困难一些。"博士说。

"适应什么?"玛莎问。

"作为人造人而生活。"博士说,"低温系统失灵引发的休克直接杀死了很多殖民者。其余的人则是慢慢死去的。中枢系统唤醒了所有可以调动的人造人来试图让那些人复活,可是已经太迟了。于是,他们采取了下一个最优方案:下载殖民者的人格印记,然后命令人造人流水线加大功率。他们用尽了剩下的全部原材料,尽可能多地为殖民者们制造了新的身体。他们甚至使用了殖民者旧躯体中的基因,来保证他们被复刻后的样子与他们进入冰冻休眠前的样子基本相似。"

"他们为殖民者造出了新的身体?"玛莎的目光在殖民者和人造人之间扫来扫去。突然间,她意识到在表面的差异之外,这两者长得有多么相似了,"为什么不直接告诉殖民者呢?"

"他们以为这个消息会吓坏很多人,尤其是在许多人刚刚因为这场灾难失去了亲人与爱人之后。紧接着,随着殖民者和人造人之间的矛盾逐渐升温,他们便认为这么做只会引来更多的暴力流血,让殖民者们自己去一点点发现这个事实可能会更好。"

"他们的新躯体有着和人造人一样的神经网络?"玛莎问,"因为这样,他们才能听见你在他们的脑袋里讲话?"

"他们不知道自己也被植入了神经网络。你的朋友罗米娅大概是对此更为敏感的人之一。这也能解释为何她会爱上一个人造人。对于其他人来说,他们所需的只是一根导火索,来激活神经网络。"

玛莎注视着殖民者。那些人的动作非常缓慢，仿若大梦初醒一般。人造人小心翼翼地走近他们，想给予一些支持和宽慰。

"他们一开始要杀掉所有人，来阻止人造人变得太像人类。"她说，"可是现在，所有人都是人造人了。"

"所有人都是人造人了，"博士说，"不过他们之间的爱却也是真的。"

"我一直想问你——"玛莎说。博士的目光里透出一种莫名的疏离，令她急着想转换话题，"之前在走道里的时候，你做了一些奇奇怪怪的动作。你刚刚也对那个想惹事的家伙做了一样的动作。这是时间领主的什么武术吗？"

"阿姆托利安柔术。"博士疏离的神色瞬间化作了笑意，好像他也很庆幸玛莎转移了话题似的，"精于此道的大师发誓绝不在公开场合显露此技。旁观者光是看到这些动作就会受影响——头痛、鼻血不止，还有更糟的。"

博士引着玛莎离去，拨开人群走向大门，不住地说着"借过"，穿过一群群人造人和殖民者——不过，玛莎意识到，这种分化已经彻底失去了意义。

"来吧，看看我能不能给他们的能量储存器升个级，让剩下的能量足以支撑他们抵达目的地——只要他们不提前使用制造器就行。"博士笑得更开心了，他用一根手指转着音速起子，就像个神枪手一样。

"你说的阿姆托利安柔术，"他们走到门口的时候，玛莎问道，"你学得好吗？"

"其实我学得挺不错的。我一直都想去考最高级——腰带很好看，是紫色和暗红色的……"

旅人们踏入了光线昏暗的楼道。那将是这艘世代飞船上的每个乘客最后一次见到他们。

"……我只是一直没时间。太耗时了，你知道吧，而且随时随地都可能开始考试。你洗澡的时候、购物的时候，或者只是沿着大街往前走的时候，某个大师可能就会突然从哪个地方蹦出来试炼你。"

他们回到了塔迪斯旁边。塔迪斯停在一个空旷的大仓库里，玛莎希望有朝一日这个仓库将会堆满制造器做出来的器材，帮助殖民者们建立一个新世界——属于他们，也属于那些曾经被他们认为是"人造产物"的人。

博士正要打开塔迪斯的门，忽然间动作凝固了，钥匙还悬在半空。

"你听见了吗……"他说。他的目光四处游移，审视着每一片阴影。

"你跟阿姆托利安人说过你现在不打算考级了，对吧？"玛莎问。

"对！当然了……估计是吧。"博士将钥匙插进锁孔转动，不过他推门的动作对于玛莎来说显得尤为焦急,"我看……我们该出发了!"

第十五章

"我们并非铁石心肠。"德拉斯特说,戴着美丽面具的脸转向玛莎。他们正站在观望台上,罅隙在他们脚下缓缓闪烁着。

有那么一刻,玛莎心中涌起了一些希望,"这么说,你们会帮助我吗?"

"我们不会帮助你。"一个德拉斯特说。

"但是你也不要失去信心。"另一个说。

"这是什么意思?"玛莎困惑地问。

"你们种族所受的苦快要到尽头了。"前一个德拉斯特回答道。

"一旦罅隙落点校准成功,我们就会立刻撤离这个世界。"后一个德拉斯特紧接着说道,"当我们离开的时候,我们将要扩大罅隙的开口。"

"这会引发一场灾难性的量子坍缩。"第三个开了口,"很遗憾,如果想要发挥出罅隙的全部作用,这个结果是无法避免的。"

"地球会四分五裂,"第四个说,"法师也会随之死去。"

"从那以后,人类就不必再受苦了,也不必再面对更为残酷的未来。"

"不!"玛莎结结巴巴地说,"不,不!我不是那个意思!我不想让你们把人类全都杀掉,不想让你们来代替人类终结苦难!我只想让你们帮帮忙而已!"

"我们以为你会喜欢这个结果的。"德拉斯特说。

"这就是接下来会发生的事情。"另一个说。

"这就是我们眼中的有利结果。"第三个说。

玛莎不禁后退了好几步,震惊得连话都说不出来。她渐渐开始回味过来,德拉斯特的那席话有多么恐怖;而他们就这样冷漠地说出了口,毫无感情波澜,仿佛是在单纯地就事论事一般。

如果她想从法师手中拯救世界,她必须先从德拉斯特手中拯救世界才行。

"开始下一次校准测试。"德拉斯特说。

在玛莎下方的大厅里,武装士兵正在将下一个志愿者押进来。

那是格里芬。

他抬头看了看她,却没有打招呼的意思。他一直在摆弄身上安全索的系扣。

"这个绳扣松了,"他对一位士兵说,"我怕绳子会脱落。你能帮我把绳子紧一紧吗?我够不到它。"

格里芬再次抬头望向玛莎,这次他眨了眨眼睛。一股寒意涌上玛莎的背脊,她猛然意识到格里芬准备使些什么花招了。他被重重警卫包围在中间。这个笨蛋一定会白白送死的。她必须做点什么才行。她必须引开警卫们的注意力。

"停下!"她从观望台冲着下面大声叫道,"那个男人不适合进行罅隙试验!"

德拉斯特们一起转头凝视着她,眼神疑惑。在下面的大厅里,警卫们也暂时停下动作望向观望台,等待更明确的指示。他们的注意力从格里芬身上转开了。

有一个警卫刚刚走到格里芬身边,要替他调整安全索。就在他和其余的警卫一起抬头张望的瞬间,格里芬揍了他一拳,对方顿时倒地。下一秒,格里芬抓住身后拖拽的安全索,像跳绳一样把它抡了一圈,顿时缠住了另外两个警卫的膝盖。他猛地一抻绳子,两个警卫就被他掀翻在地。一切都发生在瞬间。格里芬单膝跪下,再次狠狠揍了第一个警卫一拳,以确保他彻底丧失意识,然后拿走了他的机关枪。当另外两名警卫想要起身的时候,他就在近距离内开了火,打中了两人。

他完成这一系列动作,只用了四秒钟。

警铃大作。德拉斯特们惊愕地盯着观望台下的混乱场面。

"他在做什么?"一个问。

"他疯了。"另一个说。

"封锁罅隙大厅。"第三个命令道。

"格里芬,你这个疯子!你到底想做什么?"玛莎俯瞰着大厅,自言自语道。更多的警卫冲进了大厅。格里芬已经解开了身上的安全索,全力奔向方尖碑的基座。看上去,警卫们由于害怕误伤罅隙装置,根本不敢开枪打他。

"扣下他。"一个德拉斯特说。

"除下他的武器。"

"局面不利。"

格里芬站在基座上。在他那张曾被一刀斩过的脸上浮现出了一抹猎手般的笑容。他抬头看着观望台,大喊道:"看见我了吗?上面的人,都看见我了吗?跟你们说实话吧,我根本不知道这鬼东西怎么用!"他用抢来的机关枪指着其中一座方尖碑,"不过我敢打赌,如果我开着全自动把整个弹夹都对着它打空,大家都没有好下场!"

"绝不允许测试人损伤罅隙。"一个德拉斯特说。他们面具下焕发出的光芒更亮了,仿佛他们正处在极度紧张之中。

"他说得对吗?"玛莎追问道,"会发生什么事?"

"如果装置遭到震荡和爆炸的冲击,可能会失去打开罅隙的能力。"德拉斯特说。

"还有另外一种可能性。"另一个德拉斯特说,"如果罅隙装置遭到了震荡和爆炸的冲击,可能还会引起黑洞转换器的级联反应。"

"那是什么意思?"玛莎问。

"意思就是,一场大规模引力聚爆会在瞬间让群岛灰飞烟灭。"

"能听见我的话吗?"格里芬大叫,"叫你们的人都退下,让我和其他志愿者一起离开这里,否则我现在就开枪。我没开玩笑!你们自己选吧!"

"我觉得你应该按他说的做。"玛莎对德拉斯特说,"我真的劝你这样做。"

"为什么?"德拉斯特问。

"因为很不幸,他是我这辈子见过的最残忍的人之一。"玛莎说,"他说出口的每一句威胁,他都确实做得出来。"

"情况不利。"德拉斯特们合声道,他们身上焕发的光芒更亮了。

"别逼他,"玛莎警告道,"现在就把罅隙关闭。"

"这个选项不利。"一个德拉斯特说。

"罅隙与这个区域的主电网紧密相连。"另一个说。

"所以呢?"玛莎问。

"如果我们关闭罅隙,整个工业区都会同时停电。"

"你们选择的余地可不多,"玛莎说,"除非你们希望他直接把我们所有人都炸死。"

"如果停电的话,我们的伪装磁场就会失效。"一个德拉斯特说。

"我们就会暴露在法师面前。"另一个说。

"那真可惜。"玛莎说,"如果你们的伪装磁场失效,你们可以重新寻找藏身地;另一个选择是,你们可以现在就死。"

"选什么?"格里芬吼道。

德拉斯特们面面相觑。

"开始关闭罅隙。"他们终于说。

静电在空气中流窜,令人皮肤刺痛。在一串巨响声中,一部分电力系统被彻底关闭了,另一部分则被调至待机状态。那道被称作"罅隙"的、缓慢流动的闪电光战抖了一下,然后转眼在一大团雾气和超压之中消失了。

"交番"工厂陷入一片漆黑。

"黑"和"白"还有其他的工厂,乃至包括"赤"工厂劳改营在内的其他所有营地,都在同一时间被黑暗吞没了。渐渐地,一格连着一格,一区接着一区,横滨、东京乃至整个湾区都失去了电力。

在停电的最初十分钟里,劳改营、海运码头和工厂都陷入了一片恐慌。二十分钟后,暴乱开始了。充斥着雾霾的市中心里,枪火连绵不断。联合镇压军的防暴士兵已经无法再压制住那些惊恐万分的工人了。

德拉斯特们全部落荒而逃。玛莎不知道他们后来究竟怎么样了，不过她觉得，在停电爆发之后，他们或许也没活多久。

玛莎穿过"交番"工厂，里面没有一丝亮光。伪装磁场失效之后，她的感官屏蔽器又开始恢复正常了。在混沌之中，无数惊惶的警卫跌跌撞撞地从她身边冲了过去。

她一路摸索到了关押志愿者的房间，然后取下了胸前的钥匙。里面同样一片喧嚣，所有人都惊恐极了。

"快来！"她大喊，"是我！我是玛莎！"

"都听着！是玛莎来了！"仁叫道。

"我要带你们离开这里！"玛莎又喊道，"跟着我！"

"玛莎！"户神哭叫道，"这里太黑了！我们会死吗？"

"不，不会的！"玛莎说，"跟着我走！"

恐慌的气氛在"交番"工厂漆黑一团的隧道和走廊里蔓延。格里芬不住地听见身边的通道里传来开火的声音。警卫们正在疯狂地对着身边的每样物体开枪，包括他们自己人在内。

格里芬紧贴墙壁潜行，手里提着机关枪。他的眼睛渐渐适应了昏暗。

两个穿着防护服的警卫狂奔着转过了前面的拐角。他的枪口对准了他们,然后他闭上眼睛,一通射击。他可不想让枪口的火光影响到他的微光视角[1]。

他检查了一下尸体,取走了他们身上的弹夹和一把手枪。在其中一人血糊糊的衣兜里,他又找到了一部手机。

格里芬按下了开机键。在明亮的小屏幕上,代表寻找信号的小图标正在徒劳地旋转着,足足转了有一分钟之久。紧接着,图标消失了,大天使网络的徽记出现在屏幕上。

格里芬笑了。他已经给那个号码足足打了六个月的电话。每一个数字他都能背得出来。

---

1. 指在微弱光照条件下的视觉能力。

第十六章

警报正在"勇敢者号"的执行甲板上扩散开来。事态很严重。
"横滨／东京大区没有回应。"一个执行员报告道。
"看上去是停电了。我收到了暴乱警报。"另一个说。
"形势很不好。"甲板上的指挥官说。他正在以最快的速度浏览着不断送上来的报告,"简直是一场灾难。导航系统工厂全都关闭了。"
"总有人要去对他汇报的。"一位助手建议道。
"现在不行!老天爷啊,现在不行!"指挥官叫道,"他会发疯的!你又不是不知道他在听说坏消息的时候能做出什么事来!"
"给信使来一枪?"助手问。
"给我们每个人都来一枪,"指挥官说,"或者更糟。天哪,为什么这种事情非要在我轮班的时候发生啊?!"
助手没有回答。指挥官转向那些正守在控制台前的员工:"我需要看到事态的全貌。进行全方位扫描,收集一切你们能收集到的数据。把朝鲜和俄罗斯的人脸金属球调到日本去。如果我不得不向他通报坏消息,我至少可以把所有的资料都一起给他。"

执行员们纷纷开始工作了。甲板上满是讨论和相互询问信息的喧嚣。

副官坐在办公桌前,正为日本棘手的现状焦头烂额。当手机响起的时候,她几乎被吓得跳了起来。

她接起了电话。"格里芬,你必须先等等了,"她说,"我们——什么?你在哪儿?再说一遍,你说你在哪儿?慢点说!慢点说,格里芬……从头开始说……"

当她放下电话的时候,她看到正在阅读报告的指挥官一脸愁云。

"长官?"她问。

"副官,简直是一场灾难。"指挥官说,"导航系统工厂是我们最关键的资源之一,可是它们统统都停电了。下面一片骚乱。"

"你希望我去向他禀告这个消息吗?"副官问。

指挥官盯着副官,仿佛她刚刚亲手救了他一命似的。事实上,她大概也的确救了他一命。

"你真的愿意吗?"他问。

他正站在廊桥上,穿着一身量身定制的西装,望着匍匐于他身下的全世界沉思。这个世界上总有各种暴君来来去去,法师也是其中之一。不过,作为一名暴君而言,他看上去倒是挺活泼的。

大门叮一声打开的时候,他回头望去。副官走进了屋。

"看见了吗?"他笑了起来,"这一天越来越美好了。来了个穿着制服的年轻美女。有权有势可真好啊!"

"长官。"副官敬了个礼,说道。

他半跨在楼梯扶手上,像滑滑梯一样溜到她身边,脸上露出一丝猥琐的笑意。

"你要是继续喊我'长官',我就封你做个女王。"他说,"这世界上肯定能找到某个需要一位女王的犄角旮旯。我待会儿好好琢磨一下。你要给我报什么信?不会都是坏消息吧?"

"长官,我带来的恐怕确实是坏消息。"

他的脸色阴沉了下来。"天哪,"他说,表情沮丧起来,"不会又是巴西粮食暴乱吧,我最讨厌那种事情了。"

"不是的,长官,"副官小心翼翼地说,"本州出了点问题。"

"本州?日本本州?听上去大事不妙。本州对我很有用。快给我看看。"

副官把报告递给他。他迅速地浏览了一遍。

"整个区域?"他问,"一整个区域都是?所有的导航系统工厂?"

"是的,长官。已经停电足足六十四分钟了。"

他深深吸了一口气,挠了挠额头,"看来我必须要为这件事杀几个人了。"

"我相信您会的,长官。"副官说,"不过,还有另外一件事,需要您考虑一下。"她又递给他一张纸,"三十分钟前,我接了个电话,这是通话的全部内容。我想,您可能会感兴趣的。"

他读完了纸上的内容。

"德拉斯特?德拉斯特?!在这里?"他说,"那些浑身亮闪闪、追名逐利的无名小卒?德拉斯特?喂,你知道怎么回事吗?"

他最后一句话是对另一个人说的。那是一个干枯的老人,坐在轮椅里,望着窗外。老人没有回答。

"居然是德拉斯特?"他说。他向后靠去,歪了歪头,"我来给德拉斯特们好好上一课。一群只会发光的白痴!我才刚刚开始喜欢上日本呢。"

他望向副官,"美人儿,别怕。我不会对你发脾气的。这世上有谁会对这样一个尤物发脾气呢?去把人脸金属球全部召唤来。我今天就要让德拉斯特看看,谁才是这里绝对的主宰!"

"遵命,长官。"

他抿紧嘴唇,磨了一会儿牙。

"烧掉整座岛,"他最终决定道,"对,就这么办,把它们都烧掉。我们再换个地方造导航系统。"

"遵命,长官。"

他望了望轮椅里枯瘦的老人。老人的眼睛闪闪发光,那双总是布满岁月迷雾的眸子里,此时写满了痛心。

"哦,拜托!"他激动地喊道,"复仇多好玩儿啊!"

玛莎·琼斯在一艘开出横滨港的运货船上目睹了日本之死。一群群人脸金属球蜂拥般降临了,它们的激光所到之处只有死亡。城市开始熊熊燃烧。

玛莎知道法师已经将注意力转向了日本,也知道他一定会被德拉斯特的所作所为激怒。多亏有了感官屏蔽器,玛莎得以偷偷登上第一艘离开横滨港的船。

她知道自己绝不能停留在法师的注意力之下。这艘运货船正往圣地亚哥而去,过几个星期她就能在美国登陆了。之前,在她急着逃跑的时候,她仓促地将仁、户神和其他的志愿者都留在了"交番"工厂后面的腹地,让他们保护好自己。

她知道法师会暴怒。她知道法师一定会复仇。她原本希望法师会派更多的军队来占领德拉斯特的"交番"工厂,然后毁掉它。

可是她彻底低估了他的狠毒。

他不仅仅是要复仇而已。他是要赶尽杀绝。

日本列岛在燃烧。

火舌吞没了每一寸土地。巨大的火球在东京和千叶上空喷发。尽管她的船已经出海走了很远,依然有纷纷扬扬的余烬落在甲板上。

这是行走地球一年来的第一次——也是唯一一次——玛莎终于允许自己不顾一切地放声大哭。

她哭了很久很久。

街道在燃烧。格里芬提着枪,跟跟跄跄地跑到了街面上。到处都是浓烟。

两个人脸金属球立刻飞到他身边。

"我是自己人!我是联合镇压军的人!"他喊道,"是我把你们带到这里的!拜托了!"

"这个人身份不明。"一个金属球哧哧笑道。

"我们把他杀掉吧。"另一个金属球也咯咯地笑了起来。

"是我!"格里芬大叫,"是我把你们带来日本的!"

他打开手机,"副官?你答应让我撤离的!我现在遇到麻烦了!"

在上空盘旋的人脸金属球露出了锋芒。

"太晚了！副官！老天爷啊！"

金属球们开始俯冲。

格里芬尖叫起来。

全世界仿佛都是由浓稠夜色凝结而成的。

他们的小船正乘着浪，向着看不见的堤岸滑行。他们的头顶上，是沉郁的墨黑色天穹，无星无月。他们之下的大海则像天空一样暗淡，船头划过水面的时候，仿佛利刃划裂漆黑的玻璃。

小型舷外马达闷闷地响着。清凉的夜风包裹着他们，卷着腥咸和海峡上微风的气息。这一年终于到了尽头。她绕着地球走了整整一圈，目睹了一些她永远都不可能再忘记的东西。

黑暗中忽然闪现一盏蓝白色的小灯，微小却十分清亮。那是一盏卤钨灯，闪了一下，然后是第二下，宛如前方那不可见的沙滩上闪烁着一颗小小的冷星。

"那里！"她说。

灯开始轻柔地摇晃，像钟摆一样。

他们迎着汹涌的波浪前进，逐渐靠岸，舷外机不断地震动着。她感到船腹在鹅卵石之上隆隆地拖动刮擦。她站起身，跳下了船。冰冷的水舔吮着她的腿。

她回头望着那两个依然在试图操控小船的男人，他们的面容隐藏在阴影里。她多么希望能再看一次他们的脸啊。

她迎着那盏小灯跑上沙滩,湿透的靴子踩着潮乎乎的沙子和鹅卵石。有个年轻人正在前滩上等着她,手里提着一盏卤钨灯。

她站在他面前,微微喘息着。

"你叫什么名字?"她问。

"汤姆。"他说,"汤姆·米利根。不过,你的名字不用我再多问了——著名的玛莎·琼斯。你上一次来英国是什么时候?"

"三百六十五天之前。"玛莎说,"这一年很长。"

致　　谢

丹·阿布尼特希望感谢贾斯廷·理查兹、史蒂夫·特里伯、加里·拉塞尔和拉塞尔·T. 戴维斯。

大卫·罗登希望感谢：妮可·史密斯；凯文·迈尔斯；来自BBC威尔士的最佳团队；保琳和巴里·曼塞尔；最后但同样重要的特别致谢应该献给盖伊·西奈，谢谢他的指导和同伴之情，以及他的红酒。他真是个不可多得的好哥们儿。

史蒂夫·洛克利和保罗·路易斯希望感谢马克·莫里斯的引荐，以及每一位让《神秘博士》成为我们如今了解并喜爱的这部电视剧的人。

罗伯特·希尔曼希望感谢伊安·蒙德和丽兹·迈尔斯。

西蒙·乔维特感谢：所有用无限精力、快乐与张扬放肆来让《神秘博士》复活的人；还有米娜，我的小姑娘，是她让我重新回忆起被周六晚间节目的那种引人入胜彻底击中、为它失魂落魄乃至全身心投入是什么样的感觉。